BIBLIOTHÈQUE DES ÉCOLES ET DES FAMILLES

SÉRIE B

EUGÈNE MANUEL

POÉSIES DU FOYER

ET

DE L'ÉCOLE

EXTRAITES DES ŒUVRES DE L'AUTEUR

AVEC DES PIÈCES INÉDITES

OUVRAGE ILLUSTRÉ DE 15 GRAVURES EN TAILLE-DOUCE

PARIS

LIBRAIRIE HACHETTE ET CIE

79, BOULEVARD SAINT-GERMAIN, 79

POÉSIES DU FOYER

ET DE L'ÉCOLE

Coulommiers.

Imprimerie PAUL BRODARD.

BIBLIOTHÈQUE DES ÉCOLES ET DES FAMILLES

EUGÈNE MANUEL

POÉSIES DU FOYER

ET

DE L'ÉCOLE

EXTRAITES DES ŒUVRES DE L'AUTEUR

AVEC DES PIÈCES INÉDITES

DEUXIÈME ÉDITION

OUVRAGE ILLUSTRÉ DE 14 GRAVURES EN TAILLE-DOUCE DE A. MUCHA
ET D'UN PORTRAIT PAR L. FLAMENG

PARIS

LIBRAIRIE HACHETTE ET Cⁱᵉ

79, BOULEVARD SAINT-GERMAIN, 79

1908

A

MES NEVEUX ET NIÈCES

PRÉFACE

DE LA PREMIÈRE ÉDITION

*Ces poésies n'étaient pas destinées à paraître dans la
forme et sous le titre que nous leur donnons ici. Inédites ou
confondues dans plusieurs volumes [1] avec beaucoup d'autres
pièces, nous les avons détachées non comme meilleures, mais
comme mieux appropriées à un objet nouveau. Nous avons
voulu faire un livre de lectures en vers, non un recueil de
nos œuvres choisies. L'auteur serait justement suspect, s'il
avait eu la prétention de recommander lui-même tant de
vers qu'il voudrait faire passer pour bons, et qu'il jugerait
tels : ce qu'il espère, c'est qu'on les approuvera comme hon-
nêtes, qu'on y verra une préparation et un stimulant pour
d'autres satisfactions poétiques; et qu'en un temps où le souci
habituel de ceux qui écrivent n'entrave guère les libertés de
la plume, on accordera volontiers à ces petits poèmes qu'ils
peuvent intéresser la jeunesse sans la troubler, avoir leur
entrée dans la famille, accompagner les leçons de la morale,
fortifier l'amour de la patrie.*

Composer de parti pris, avec suite et sur un plan préconçu,

1. Pages intimes, — Poèmes populaires, — Pendant la guerre, — En voyage, — Les
Ouvriers, — L'Absent. — (Chez Calmann-Lévy, éditeur.)

des poésies pour le foyer et pour l'école, bien qu'une pareille entreprise n'ait en soi rien de chimérique et qu'elle puisse tenter les poètes, nous n'y avons jamais songé. Il suffira de feuilleter ce livre pour s'en convaincre. Mais, par une inclination naturelle plus encore que par l'effet des circonstances, au cours d'une carrière vouée à l'enseignement, devant les scènes de la nature, au spectacle des misères sociales vues de près, sous le coup de patriotiques épreuves, ou pendant ces longs jours de joies ou de tristesses intimes qui sont le train même de la vie, il s'est trouvé que nous avions noté au passage et fixé en vers bien des impressions, bien des souvenirs, qui ne s'éloignent peut-être pas trop de l'idée que l'on peut se faire d'une poésie très modeste, de plain-pied avec beaucoup de lecteurs, scolaire et familiale, domestique en quelque sorte, dont notre littérature, si merveilleusement riche, d'ailleurs, semble un peu dépourvue, et qui, dans d'autres pays, n'est pas considérée comme un élément négligeable de la culture générale. Ni la fable, dans l'école, ni la chanson, dans l'atelier, ne sauraient être toute la poésie.

En écartant les morceaux ou trop personnels, ou trop en dehors des préoccupations de la jeunesse, nous n'avons pas eu de peine à grouper assez de vers pour grossir ce volume au delà même de nos prévisions.

L'encouragement — on nous permettra de le dire — nous est venu de bien des côtés à la fois : critiques bienveillants, maîtres de nos lycées et de nos écoles, professeurs éminents de lecture et de diction, conférenciers en renom, artistes et interprètes admirables des œuvres de la poésie moderne, nous avaient fait, depuis plus de vingt ans, une place précieuse

*dans leurs livres ou leurs programmes, comme un indice et
une invitation. Ce triage spécial de nos poésies, qu'ils nous
ont souvent demandé de faire, nous l'avons donc essayé, et
c'est sous leur patronage que nous plaçons notre tentative.*

*Depuis l'époque déjà bien ancienne où parurent nos pre-
miers vers, l'usage des lectures et des récitations poétiques
s'est singulièrement propagé, et des auditeurs toujours plus
nombreux ont montré pour la poésie, comme on l'a vu pour
la musique, et par des raisons peu différentes, un goût toujours plus vif qui ne saurait faire tort ni à l'une ni à l'autre.*

*Le siège de Paris, aux jours les plus douloureux de la
défense nationale, avait consacré ces récitations sur le théâtre.
Victor Hugo avait ouvert la marche. Les poètes ne man-
quèrent pas plus, à sa suite, que les sujets dignes de les ins-
pirer. Une fois sollicité, le goût public s'est de plus en plus
accommodé d'une distraction jusque-là réservée à une élite.
Dans les salons et les réunions de famille, dans les inter-
mèdes des séances de musique, dans ces Matinées littéraires
si avantageusement multipliées, dans les veillées d'écoles et
jusque dans les loisirs de la classe ouvrière, la poésie s'est
fait dès lors sa place, et l'on n'y a pas trouvé moins d'agré-
ment qu'à entendre un morceau de violon ou un air d'opéra.
Les plus grands poètes n'ont pas eu à se plaindre de cette
nouveauté, ni les plus humbles. L'art de lire, devenu de plus
en plus l'art de bien lire et de bien dire, grâce à l'impulsion
et à l'exemple d'un maître incomparable, a été pour les
poètes une sorte de renouveau; et les esprits sérieusement
préoccupés de l'avenir et de l'éducation publique, inquiets,
non sans raison, de cette tendance matérielle et utilitaire qui*

voudrait tout marquer de son empreinte, ont pu fonder d'heu-
reuses espérances sur cette expansion inattendue de la poésie,
pareille à une échappée de plus vers l'idéal.

L'éducation par la poésie! Le poète auxiliaire du savant,
de l'historien et du moraliste! Est-ce donc une nouveauté?
N'est-ce point l'âme même des études classiques? Et ne peut-
on pas introduire la poésie partout où une intelligence
s'éveille, où un cœur commence à battre? Faire comprendre
toujours davantage, à l'école et au foyer, les vivants chefs-
d'œuvre de notre littérature et les sublimes inspirations de
nos grands poètes contemporains; puis, après eux, au-dessous
d'eux, comme pour un premier apprentissage, accueillir cette
autre poésie moins imprégnée du passé, moins complexe,
plus accessible aux facultés moyennes, mieux adaptée aux
sentiments des simples; parler, en l'épurant, le langage de
tous, pour traduire les émotions de tous; cultiver dans un
plus grand nombre d'esprits jeunes cette fleur d'imagination
qui ne demande qu'à s'épanouir; donner le goût d'une plus
saine et plus réconfortante nourriture à ces appétits qu'on
déprave, plus tard, de tant de manières; éclairer, échauffer,
consoler; employer les mots, les sons, les rythmes, les cou-
leurs, les harmonies des choses pour faire plus large la part
de l'enthousiasme et du rêve; et, tout en confessant qu'il y a,
pour chaque art, sur la hauteur, un temple réservé, où les
initiés, par des chemins connus d'eux seuls, montent et
pénètrent, ne pas oublier, ne pas dédaigner la foule des
croyants obscurs, arrêtée sur les pentes inférieures, les yeux
tournés vers la cime; ne pas croire surtout qu'en travaillant
pour eux la poésie en soit rabaissée, ni que le génie des

grands écrivains en doive perdre de son éclat et de son prestige; enfin, distribuer, mesurer à tous, dans la proportion
convenable, la parole harmonieuse; réaliser autant que pos-
sible le vœu que Lamartine exprimait déjà quand il traçait,
dans des pages immortelles, les Destinées de la Poésie : quelle
tâche, et quelle matière pour les jeunes poètes, ambitieux
d'une pure popularité! Quel contre-poids aux plaintes et aux
violences, aux tentations grossières, aux défaillances morales,
au doute stérile!

On aimerait à entrevoir un temps où la poésie comme la
musique, mais avec une expression plus précise, une action
plus directe et plus efficace sur la sensibilité et la volonté,
aurait, en France, sa place et son rôle mieux définis dans
l'éducation des classes les plus laborieuses, à l'école, dans
l'atelier, dans la famille, aux champs même; et, prenant les
esprits au point où les connaissances positives n'ont plus rien
à leur donner, les conduirait quelquefois dans cette région
mystérieuse qui demeure éternellement fermée aux démons-
trations et aux calculs de la science.

Si ce petit livre, en faisant concevoir à d'autres l'idée
d'œuvres plus hautes et plus irréprochables, pouvait contri-
buer à les faire éclore, nous n'aurions pas à regretter d'avoir
écouté aujourd'hui de trop pressants, de trop indulgents
conseils.

EUGÈNE MANUEL.

15 janvier 1888.

LA SOURCE

Sous la mousse et sous les roseaux
L'avez-vous parfois rencontrée,
La petite source ignorée,
Connue à peine des oiseaux?

De ses invisibles réseaux
Nul ne suit la trame azurée;
Nul ne s'informe où vont ses eaux
Dans la forêt désaltérée.

Longtemps elle court sans dessein;
Un jour, on lui creuse un bassin :
Lecteur, vous achevez l'histoire!

A travers bois ma source fuit;
Elle est humble et fait peu de bruit;
Mais elle est pure : on y peut boire.

L'ÉCOLE

Dans un village, au bord du chemin, sur un banc,
Grave sous sa pelisse et son haut bonnet blanc,
Une vieille, qui rêve au soleil, est assise.
Auprès d'elle, une enfant l'examine, indécise,
Et semble ruminer au fond de son cerveau
Quelque dessein profond, téméraire et nouveau.
Elle vire alentour, se consulte, s'arrête,
Hésite encore; enfin, hochant sa jeune tête,
Elle avance, et d'un air assuré, bravement,
La tirant par la manche et par le vêtement :
« Grand'mère, lève-toi! — Que me veux-tu, petite?
Dit l'aïeule, et pourquoi me lever? — Allons vite!
Reprit l'enfant; je veux t'emmener : il est tard! »
La vieille sur l'enfant fixa son clair regard,
Et sourit : « Où veux-tu me conduire?... — A l'école!
— A l'école? — Oui. C'est dit. Tous les jours. — Es-tu folle?
Que veux-tu que j'y fasse à mon âge? on dirait
Que je tombe en enfance, et l'on se moquerait!
Veux-tu qu'à mes dépens chacun s'en vienne rire? »
Mais l'enfant : « Non! suis-moi. Je veux t'apprendre à lire!

L'ÉCOLE

Je sais déjà, grand'mère, et ce n'est pas bien long.
Je le veux. Viens. L'école est tout près. Pourquoi donc
Les vieux n'y vont-ils pas, puisque c'est pour apprendre? »
La femme regarda l'enfant sans la comprendre.
Celle-ci tiraillait l'aïeule par le bras :
« On épelle d'abord les lettres, tu verras,
Sur de grands tableaux noirs pendus à la muraille;
Puis... — Mais je ne ferai, mon enfant, rien qui vaille;
La mémoire me manque, et je n'ai plus mes yeux.
Tu ne songes donc pas qu'ils se font déjà vieux?
Pour tricoter tes bas, j'ai besoin de lunettes,
Et mes conceptions ne sont plus assez nettes :
Ce qu'on dit aujourd'hui, je l'oublierai demain.
— Je ne t'ai jamais vu de livre dans la main,
Grand'mère! sur ton banc, sans rien faire et rien dire,
Tu restes tout le jour tristement. Il faut lire!
Le livre que je lis, comme à moi te plaira;
Et, si tu veux dormir, cela t'endormira!
Tu pourras suivre aussi la messe, le dimanche,
Dans le vieux paroissien que j'ai vu sur la planche;
Et, quand on lira haut, toi, tu liras tout bas.
Enfin, c'est mon idée, et l'on ne rira pas! »
Et l'enfant, obstinée à sa sainte chimère,
Sans vouloir de raison, répétait : « Viens, grand'mère! »
Et, tandis qu'une main l'attirait, l'autre main
Montrait, d'un geste ardent et sacré, le chemin!

O naïve ferveur! volonté magnanime!
O des devoirs nouveaux pressentiment sublime!

Oui, quand l'homme a besoin de ces enseignements,
Les plus humbles d'esprit s'éveillent instruments :
Toute main peut semer la graine salutaire;
Et parfois l'on entend sortir, — touchant mystère ! —
Comme du ver luisant monte à nous la clarté,
Des lèvres des petits la grande vérité.

LA PETITE CHANTEUSE

La pauvre enfant, le long des pelouses du Bois,
Mendiait : elle avait des larmes véritables;
Et, d'un air humble et doux, joignant ses petits doigts,
Elle courait après les âmes charitables.

De longs cheveux touffus chargeaient son front hâlé;
Ses talons étaient gris de poussière, et sa robe
N'était qu'un vieux jupon à sa taille enroulé,
Où la nudité maigre à peine se dérobe!

Elle allait aux passants, les suivait pas à pas,
Et disait, sans changer un mot, la même histoire,
De celles qu'on écoute et que l'on ne croit pas :
Car notre conscience aurait trop peur d'y croire!

Elle voulait un sou, du pain, — rien qu'un morceau.
Elle avait, je ne sais, dans quelle horrible rue,
Des parents sans travail, des frères au berceau,
La famille du pauvre, à peine secourue!

Puis, qu'on donnât ou non, elle essuyait ses pleurs,
Et s'en retournait vite aux gazons pleins de mousses;
S'amusait d'un insecte, épluchait quelques fleurs,
Des taillis printaniers brisait les jeunes pousses,

Et chantait! — Le soleil riait dans sa chanson.
C'était quelque lambeau des refrains populaires;
Et, pareille au linot, de buisson en buisson,
Elle lançait au ciel ses notes les plus claires.

O souffle des beaux jours! mystérieux pouvoir
D'un rayon de soleil et d'une fleur éclose!
Ivresse d'écouter, de sentir et de voir!
Enchantement divin qui sort de toute chose!

L'enfant, au renouveau, peut-il gémir longtemps?
Le brin d'herbe l'amuse et la feuille l'attire.
Sait-on combien de pleurs peut sécher un printemps,
Et le peu dont le pauvre a besoin pour sourire?

Je la regardais vivre et l'entendais de loin.
Comme un fardeau que pose un porteur qui s'arrête,
Elle allégeait son cœur, se croyant sans témoin,
Et les senteurs d'avril lui montaient à la tête!

Puis, bientôt s'éveillant, prise d'un souvenir,
Elle accostait encor les passants, triste et lente;
Son visage à l'instant savait se rembrunir,
Et sa voix se traînait et larmoyait dolente.

LA PETITE CHANTEUSE

Mais quand elle arriva vers moi, tendant la main,
Avec ses yeux mouillés et son air de détresse :
« Non! lui dis-je. Va-t'en, et passe ton chemin!
Je te suivais : il faut, pour tromper, plus d'adresse.

Tes parents t'ont montré cette douleur qui ment.
Tu pleures maintenant : tu chantais tout à l'heure! »
L'enfant leva les yeux et me dit simplement :
« C'est pour moi que je chante, et pour eux que je pleure! »

HISTOIRE D'UNE AME

Dans la foule, secrètement,
Dieu parfois, prend une âme neuve,
Qu'il veut amener lentement
Jusqu'à lui, d'épreuve en épreuve.

Il la choisit pour sa bonté,
Et lui donne encore en partage
La tendresse avec la fierté,
Pour qu'elle saigne davantage.

Il la fait pauvre, sans soutien,
Dans les rangs obscurs retenue,
Cherchant le vrai, voulant le bien,
Pure toujours, — et méconnue.

Il fait plier sous les douleurs
Le faible corps qui l'emprisonne;
Il la nourrit avec des pleurs
Que nulle autre âme ne soupçonne;

Il lui suscite chaque jour,
Pour l'éprouver, une autre peine :
Il la fait souffrir par l'amour,
Par l'injustice et par la haine.

Jamais sa rigueur ne s'endort :
L'âme attend la paix? Il la trouble;
Elle lutte? Il frappe plus fort;
Elle se résigne? Il redouble.

Il la blesse d'un coup certain
Dans chacun des êtres qu'elle aime,
Et fait de son cruel destin
Un mélancolique problème!

A la rude loi du travail
Il la condamne ainsi frappée;
Il la durcit comme un émail,
Il la trempe comme une épée.

Juge inflexible, il veut savoir
Si, jusqu'au bout, malgré l'orage,
Elle accomplira son devoir,
Sans démentir ce long courage.

Et s'il la voit, au dernier jour,
Sans que sa fermeté réclame,
Il lui sourit avec amour :
C'est ainsi que Dieu forge une âme!

ALMA MATER

A MES ANCIENS ÉLÈVES

Ils sont quelques milliers, répandus par le monde,
En qui j'ai déposé la semence féconde.
Qu'un sophiste aux abois, novateur imprudent,
De sa foudre attardée écrase le pédant,
Et suppose, acharné contre tout privilège,
Que nous sommes toujours des régents de collège,
Armés de la férule, effrayants de latin,
Vieux cuistres, nous drapant du pourpoint de Cotin,
Jaloux, hideux, plissés des rides d'un autre âge,
Gens en proie aux rieurs et rampant sous l'outrage;
Que, débitant sans fin des mots vides et creux,
Nos lèvres n'ont pas même un souffle généreux,
Et que la serge antique avec la toque noire
Cache un spectre qui rôde aux charniers de l'histoire;
Outre que le portrait n'a rien de ressemblant,
Et que, prompts à casser un arrêt accablant,
Deux siècles, dissipant cette obscure manœuvre,
Nous vengeraient, les mains pleines de cent chefs-d'œuvre :

Jeunes gens, répondez! Est-il un sentiment,
De ceux dont notre siècle a vu l'enfantement,
Est-il un cri d'amour, de gloire ou de colère,
Est-il un saint élan de vertu populaire,
Un péril, un effort, un espoir, un regret,
Pour la cause du juste est-il un intérêt,
Un éloge à l'honneur, à l'infamie un blâme,
Où nous n'ayons pris part de la voix et de l'âme?
Avons-nous méconnu des signes éclatants?
Vivons-nous enterrés sous la poudre des temps?
Et, quand notre parole a gardé sa puissance,
Avons-nous, ô jeunesse, étouffé ta croissance?

Le ciel m'en est témoin : le jour où librement,
Ici-bas, j'ai choisi ma part de dévouement,
J'ai vu le monde entier resplendir dans l'école :
Le vrai fut mon souci, le beau fut mon idole;
Et, fier du pur froment que j'allais partager,
Nul des plus nobles soins ne me fut étranger.
Aux choses du passé ma foi n'est point servile;
J'entends les bruits prochains qui font vibrer la ville,
Je n'ai point enchaîné l'homme et tout son destin
Aux superstitions du grec et du latin;
Pour moi l'antiquité n'a que son droit d'aînesse;
Je sais trouver partout la vie et la jeunesse,
Et noter, dans l'histoire aux spectacles mouvants,
Des vivants qui sont morts, des morts qui sont vivants.
Et nous sommes nombreux! Vieux amis, jeunes frères,
Dites si vous marchez dans des routes contraires,

Si mon orgueil s'égare en ces devoirs nouveaux?
Je ne suis qu'ouvrier de nos communs travaux.
Jeunes, nous mesurions déjà l'ample domaine
Où lutte, en grandissant, l'intelligence humaine.
La main sur le passé, les yeux vers l'avenir,
Nous savons quelle flamme il faut entretenir;
Nous étions à vingt ans et nous sommes encore
Fiers d'expliquer le monde à l'enfant qui l'ignore.
De pays en pays, notre admiration
Saluant chaque siècle et chaque nation,
Franche en ses jugements, se dérobe à l'entrave,
Et n'attend pas d'autrui la leçon qu'elle grave.
Aux disciples choisis, comme en un réservoir,
Chaque jour nous versons un limpide savoir.
Leurs âmes, lentement par la raison guidées,
Sous le tissu des mots ont palpé les idées,
Et leur jeune ignorance, au vrai s'accoutumant,
S'est armée avec nous d'un ferme jugement!
Mais nous laissons germer et fleurir la nature;
L'arbre étend ses rameaux sans rien qui le torture;
Jamais d'une espérance ou d'une illusion
Nul de nous n'étouffa l'obscure éclosion;
Notre âme, aux grands sommets aspirant la première,
Se baigne avec amour dans des flots de lumière;
Et notre main de plomb sur le frêle cerveau
N'a jamais fait peser un stupide niveau.
Au-dessus des partis, dont la haine est stérile,
Nous remplissons sans bruit une tâche virile;
La France, qui travaille et pense à ta clarté,

Sait ce qu'elle te doit, vieille Université!
Où sont-ils aujourd'hui ces enfants de mes veilles,
A qui j'ai révélé le monde des merveilles,
Les secrets du langage et les lois de l'esprit,
Comment un peuple naît, se transforme ou périt,
Quels noms ont surnagé sur les débris des âges,
Ce qu'on doit aux guerriers, aux poètes, aux sages,
Et comment l'Univers, gravitant vers sa fin,
De l'atome à l'étoile est dans l'ordre divin?
Ils ont grandi, vieilli : dans cent routes diverses
Ils marchent, rencontrant la joie et les traverses;
Ils ont senti le vent de mille opinions,
Ils ont leurs intérêts, leurs soins, leurs passions;
Dans le livre de vie où la jeunesse épelle,
Ils tournent chaque jour quelque page nouvelle :
Mais tout au fond du cœur doit survivre à demi,
L'enseignement du maître, ou plutôt de l'ami
Ils vivent désormais marqués de mon empreinte;
Et vingt ans cette main, sans faiblesse et sans crainte,
Dans les sillons ouverts que Dieu daigna bénir,
A semé largement des germes d'avenir.

HISTOIRE D'UN CONTE

A JEANNE HUGO.

Le Grand-père, sublime et souriant génie,
Sentait près des enfants son âme rajeunie.
Il aimait les joyeux entretiens des petits;
Il avait des festins pour tous leurs appétits;
Changeait en liqueur d'or, goutte à goutte versée,
L'intarissable flot de sa large pensée;
Trouvait pour eux des chants d'ineffable bonté :
Mais son livre immortel¹ n'a pas tout raconté.

Un jour, pour dissiper quelque songe morose,
Jeanne sur ses genoux posa sa tête rose,
Et, levant jusqu'à lui son regard caressant :
« Une histoire, grand-père!... une belle!... » Il consent,
Et, comme un cavalier enfourche sa monture,
Il commence. C'était une étrange aventure,
Un récit merveilleux, formidable et charmant,
De ceux que les petits boivent avidement,

1. L'Art d'être grand-père.

HISTOIRE D'UN CONTE

Le cou tendu, l'œil fixe et la lèvre entr'ouverte :
Car pour eux tout est crainte, attente, découverte,
Étonnement naïf, effroi délicieux;
Et leur jeune surprise est-le bonheur des vieux !

D'abord, il mariait les rois avec les reines,
Et montrait les berceaux entourés de marraines,
Et les dons prodigués — perfides quelquefois, —
Et la chasse troublant la paix des vastes bois,
Les danses, les banquets énormes, les largesses,
Les beaux princes rêvant des petites princesses,
Et les bouffons rieurs, et les nains contrefaits,
L'enchanteur oublié méditant ses forfaits,
Et choisissant les cœurs les plus tendres pour cibles !

Puis, il fixait aux flancs de rocs inaccessibles,
Près du Rhin, de grands burgs, pleins d'un mystère affreux,
Qui bravaient les assauts des vaillants et des preux.
Là pleuraient jour et nuit de pauvres prisonnières,
Aspirant aux barreaux les brises printanières,
Prêtant l'oreille aux pas de leurs geôliers jaloux,
Ou frissonnant d'horreur aux hurlements des loups.
Et c'étaient de longs cris d'angoisse sous les voûtes,
Tandis que soulevaient la poussière des routes
Des chevaliers bardés de fer, fous de combats.
A minuit, chevauchaient dans l'air, pour leurs sabbats,
Excitant du talon leurs bêtes échauffées,
Au-dessus des halliers obscurs, les blanches fées !

Et les veuves des rois, au fond de leurs manoirs,
Passaient et repassaient sous leurs longs voiles noirs :
L'une appelait son fils parti; l'autre, affolée,
Se mourait du souci de sa fille volée.

Mais l'aube s'empourprait, chassant ces visions.
Les grands bois s'égayaient soudain : éclosions
De fleurs, gazouillements d'oiseaux bleus, cavalcades
Sur les gazons des parcs, concerts sous les arcades
D'un palais enchanté, fait d'or et de cristal,
Qui servait de retraite à Pépin d'Héristal.
Et malgré les torrents gonflés brisant les arches,
Les dragons apostés troublant les rudes marches,
Et les murs, et les feux, les hardis paladins
S'avançaient, lance au poing, à travers les jardins,
Où l'arbre se changeait en guerrier, où la plante
Sous les pieds des chevaux agonisait sanglante;
Et découvrait enfin, faible, dormant encor,
La princesse aux yeux bleus, la belle aux cheveux d'or,
Sur son lit par ces bruits d'armure réveillée.

Jeanne écoutait l'aïeul, ravie, émerveillée;
Rougissait, pâlissait tour à tour, observait
Sur le front du vieillard comment ce qu'il rêvait
Pouvait naître, et comment du fond de sa pensée
Jaillissaient les récits dont elle était bercée.
Lui, poursuivait toujours sans se lasser, gardait
Sa majesté sereine et grave, s'attardait,

Et, crédule lui-même à ces grands coups d'épée,
A la taille de Jeanne ajustait l'épopée!
Il passait de nouveau des fleurs aux tristes bois;
Des oiseaux gazouillants, aux effroyables voix;
De la belle éveillée, aux horribles sorcières,
Dont il faisait courir les faces grimacières,
Les yeux rouges de sang, les rires ennemis,
Dans les froids corridors des palais endormis.

Or, il faisait très beau; l'air était pur; la mousse,
Là-bas, près du bassin jaseur, semblait si douce!
Le soleil se jouait dans les saules tremblants;
Les œillets s'inclinaient sous les papillons blancs;
On entendait chanter les pinsons dans les haies,
Les vieux lilas prenaient un faux air de futaies;
Et, déjà plus distraite auprès de son ami,
L'enfant n'écoutait plus le récit qu'à demi,
Prêtant de loin l'oreille à cette autre harmonie!

Et lui, comme enivré des jeux de son génie,
Compliquait l'action, variait le décor,
Entassait l'impossible, et promenait encor
Sous les arceaux sans fin des prisons souterraines
Les princesses pleurant les dons de leurs marraines;
Ou, ramenant les preux au pied des hautes tours,
Redoublait les assauts, les adieux, les retours.

Mais Jeanne avait perdu le fil du long poème;
Le péril lui semblait fade, et toujours le même!

Et voilà qu'au plus beau du récit, au moment
Où le conteur allait, plein de son dénoûment,
Faire éclater d'un coup, comme ailleurs dans ses drames,
Ses plus puissants effets et ses plus fortes trames,
Elle, se décidant, de sa plus fraîche voix :
« Tu me raconteras le reste une autre fois! »
Et, par une magie invincible attirée,
— Princesse, du géant elle aussi délivrée, —
Vers les papillons blancs, d'un bond, elle courut,
Et dans le vert taillis, alerte, disparut...

Le poëte sourit, pensant : « O rêve! ô gloire! »
Et l'on n'a jamais su la fin de cette histoire.

LA NATURE

La nature a pour moi le charme de l'enfance :
Elle en a la fraîcheur et la sérénité.
Ainsi que l'être jeune, elle n'est que bonté ;
Ainsi que l'être faible, elle a Dieu pour défense !

Le plus méchant lui doit des retours d'innocence,
Et le plus malheureux des réveils de gaîté.
Elle apporte le calme à mon cœur irrité ;
Et, même sans la voir, il suffit que j'y pense !

« Songe à l'enfant, disait le poète païen :
De tes mœurs en péril respecte le gardien ;
Rougis en contemplant la chaste créature ! »

Et moi, quand l'oiseau chante au faîte d'un buisson,
Quand murmure la source, ou jaunit la moisson,
Je dis : « Sois pur, mon cœur ! respecte la nature ! »

LE PREMIER SOURIRE

Dans le lit de l'Hospice une petite fille,
Pâle, ouvrait ses grands yeux. Son unique famille,
C'étaient les Sœurs venant chaque jour l'embrasser,
Faire un signe amical en passant, redresser
L'oreiller dérobé sous sa tête penchée,
Renouer au menton la coiffe détachée,
Ramener le drap blanc sur ses poumons étroits,
Tenir la potion qui tremble, entre ses doigts,
Ou le mets qu'un instant sa lèvre à peine effleure,
Et lui dire : « Allons! dors, mon enfant! tout à l'heure
Nous reviendrons. Il faut du sommeil pour guérir. »
Elles savent pourtant que l'enfant doit mourir.
Ces longs dortoirs bâtis par des mains secourables,
N'ont pour hôtes sacrés qu'orphelins incurables,
Qui devinent de loin tout un monde enchanté,
Où l'on a, pour agir, la force et la santé,
Où la fille a quelqu'un qu'elle appelle son père,
Où l'on sourit, où l'on travaille, où l'on espère,
Où, belle, on peut aimer un homme qui soit beau,
Où tout ne donne pas l'avant-goût du tombeau,
Où l'on peut, le matin, rouvrir l'œil par mégarde,
Sans voir un médecin debout, qui vous regarde!

Celle-ci, que le mal sourdement affaiblit,
Ne se souvenait pas d'avoir quitté son lit,
Elle pouvait, à sept ans, supposer, le pauvre ange,
Que les enfants sont nés pour cette vie étrange!
Elle disait : « Quand donc marcherai-je, ma Sœur? .. »

Lorsqu'on lui présentait parfois quelque douceur,
Elle demeurait morne et secouait la tête.
On lui cherchait des fruits, voulant lui faire fête :
Pour obéir, du bout des dents, elle y goûtait,
Puis elle les laissait tomber, ou les jetait.
On apportait, l'été, des fleurs pour la distraire :
Les fleurs, par un effet bizarre et tout contraire,
Assombrissaient encor son visage charmant;
Elle les regardait, les flairait tristement,
Puis les rendait, avec des larmes sur la joue.
Les Sœurs lui découpaient des chiffons : « Allons, joue! »
Disaient-elles. L'enfant les froissait sans plaisir.
Personne sur ses traits n'eût pu lire un désir!
On lui contait, pensant l'égayer, une histoire :
Elle écoutait d'un air résigné, sans y croire;
Ne souriait jamais aux contes les plus gais;
Et ses yeux se fermaient bien vite, fatigués.

Un jour, vous avez vu cette enfant, noble femme
Qui livrez aux souffrants les trésors de votre âme,
Et consolez un deuil saintement supporté,
En visitant l'infirme et le déshérité.
Vous qui ne comptez plus tout le bien que vous faites,

Vous aimez à venir dans ces graves retraites,
A faire, à ces chevets, des rêves infinis,
A mesurer aux maux vos remèdes bénis!

Vous avez observé longtemps, près de la couche,
Le souffle qui sortait de la petite bouche,
Et suivi ce regard déjà terne et voilé :
« Eh quoi! pas un jouet devant elle étalé?
Disiez-vous. Est-il donc un bien qu'on lui refuse? »
Et les Sœurs répondaient toujours : « Rien ne l'amuse! »

Or, vous aviez chez vous, conservée avec soin
Dans un meuble, d'où vous la tiriez sans témoin,
Et d'un crêpe funèbre encore enveloppée,
De votre fille morte une belle poupée,
Comme les riches seuls en ont pour leurs enfants.
Relevés sur la tempe en deux bandeaux bouffants,
Des cheveux blonds dorés couronnaient son visage;
Un réseau plein chargeait la nuque : — c'est l'usage! —
Blanche, rose, mignonne, à tromper le regard,
La tête, en pâte fine, était peinte avec art;
Les yeux bleus, grands ouverts, faits d'émail translucide,
Gardaient, sans jamais voir, leur fixité placide;
La robe de velours avait des plis savants;
On sentait sous l'étoffe, assouplis et mouvants,
Vivre les bras; la main grasse qui les termine
Glissait des doigts gantés dans un manchon d'hermine;
Telle elle était restée, avec les vêtements
Qu'avait aimés la morte en ses derniers moments.

Quelle mère n'a pas, d'un deuil pareil frappée,
Dans le fond d'un tiroir l'invisible poupée?...
Charité sainte, où Dieu reconnaît ses élus!
Vous prîtes sans pleurer — les pleurs ne coulaient plus! —
Le naïf souvenir des heureuses années;
Et, retournant auprès des Sœurs tout étonnées :
« Venez! » On approcha sans bruit et pas à pas.
La malade, les yeux mi-clos, ne dormait pas.
Devant elle, debout, dans sa coquette pose,
On plaça doucement la dame au teint de rose,
Qu'un rayon de soleil embellissait encor.
Une Sœur, se penchant, dit : « Je crois qu'elle dort... »
Mais l'enfant aussitôt regarda. La surprise
D'abord parut troubler sa pauvre âme indécise,
Elle n'osait parler, sans trop savoir pourquoi.
Elle entendit alors : « Ma fille, c'est pour toi! »

Un cri profond sortit de sa lèvre entr'ouverte :
La fièvre du désir dressa son corps inerte;
Et quand elle frôla les plis du vêtement,
Elle éprouva ce doux et long frémissement
Qui décèle la femme et présage la mère.
On eût dit qu'elle avait entrevu sa chimère!
Un regard ineffable, éthéré, radieux,
Se levant sur le vôtre, illumina ses yeux;
Un sang vif afflua vers ses pâles pommettes :
Pour la première fois, devant les Sœurs muettes,
L'enfant goûta sur terre un bonheur ignoré,
Et se mit à sourire : — et vous avez pleuré!

SOMMEIL A DEUX

Dans un grand fauteuil l'aïeule est assise,
Et l'humble foyer flambe en pétillant.
Près d'elle, accroupie, une chatte grise
Fixe sur la flamme un œil scintillant.

La dame médite un verset biblique :
Sur ses deux genoux le livre est ouvert.
La chatte, plissant sa paupière oblique,
Près de s'endormir, cligne son œil vert.

Et l'aïeule aussi, d'idée en idée,
Vers la sainte page, après maint effort,
Penche lentement sa tête ridée,
La lève en sursaut, puis cède, et s'endort.

La dame sourit, la chatte frissonne ;
Chacune a son rêve et remue un peu :
La chatte au grenier guerroie et moissonne ;
La dame est au ciel, et cause avec Dieu !

Et la vieille horloge au mur se balance,
Mesurant chaque heure au sommeil humain,
Et seule, au milieu du profond silence,
Avec un bruit sec, poursuit son chemin.

LE BERCEAU

Quel temple pour son fils elle a rêvé neuf mois!
Comme elle fêtera l'enfant dont Dieu dispose!
Il lui faut un berceau tel que les fils de rois
N'en ont point de pareils, si beaux qu'on les suppose!

Fi de l'osier flexible, ou bien du simple bois!
L'artiste a dessiné la forme qu'elle impose :
Elle y veut incruster la nacre au bois de rose;
Il serait d'or massif, s'il était à son choix!

Rien ne semble trop cher, dentelle ni guipure,
Pour encadrer de blanc cette tête si pure,
Dans le lit qu'on apprête à son calme sommeil.

Il est venu, ce fils dont elle était si fière!
Il est fait, le berceau, — le berceau sans réveil!
Il est de chêne, hélas! et ce n'est qu'une bière.

LA PLACE DU PAUVRE

J'aime ce vieil usage observé des Hébreux,
Et qui fait pardonner leur bonheur aux heureux;
Le soir, quand la famille, à table réunie,
Par l'aïeul en prière à voix haute est bénie,
Quand les nombreux enfants, jeune essaim bourdonnant,
Ont baisé tour à tour son grand front grisonnant
Et cherché du regard la servante attardée,
Toujours pour quelque pauvre une place est gardée :
C'est lui que l'on attend, lui qui paraît au seuil,
Lui, sale et misérable, à qui l'on fait accueil.

C'est tantôt un savant silencieux et grave,
Qui trahit un long jeûne au feu de son œil cave;
Ou bien un mendiant dans son caftan râpé,
De ghettos inconnus voyageur échappé,
Et qui, tombé si bas, de mécompte en mécompte,
Qu'il ne sait même plus ce que c'est que la honte,
Courbe, en entrant, son dos servile et dégradé,
Étonné d'obtenir sans avoir demandé!
Tantôt, c'est un enfant orphelin qu'on assiste :
Et les autres petits contemplent d'un air triste

Le mince vêtement par places déchiré,
Et le morceau de pain si vite dévoré,
Et le coup d'œil qu'on jette aux choses succulentes!
Parfois, c'est un infirme aux réponses dolentes,
Qui fait gémir son mal et vit de charité;
Ou bien l'étudiant de passage, invité,
Qui se heurte, s'assied sans déposer son livre,
Admire le dressoir, et la lampe de cuivre,
Et la nappe aux longs plis, et la juive aux grands yeux;
Sourit, timide et gauche, aux jeunes comme aux vieux,
Et raconte, sans perdre une seule bouchée,
Loin du pays natal, sa misère cachée!

Chaque soir, on accueille avec même bonté
L'hôte obscur, quel qu'il soit, et nul n'est écarté.
On l'a trouvé sans peine, au Temple ou sur la route;
Et, sans l'humilier, on lui parle, on l'écoute,
On dit : « Béni celui par qui vous nous venez!
Cette table est à vous : mangez! buvez! prenez! »
Quand il part, dans sa main, à l'ombre de la porte,
La mère vient poser quelques mets qu'il emporte,
Ou la pièce d'argent qu'il accepte humblement,
Ou, roulé par avance, un plus chaud vêtement.

Ah! si nous revenions à l'antique coutume,
Les pauvres gens au cœur auraient moins d'amertume,
Et l'opulent foyer serait comme un saint lieu :
Car la place du pauvre est la place de Dieu!

PRINTEMPS

Champs et forêts, le sol tressaille :
Tout dit : « Le printemps est venu ! »
Et sous la terre qui s'émaille
Circule un fluide inconnu.

« C'est le printemps ! » dit chaque germe,
En s'agitant dans sa prison,
D'où bientôt perce, droite et ferme,
La tige, — arbre, plante ou gazon.

« C'est le printemps ! » se dit la mousse.
Pour tous les rêveurs assoupis
Rendons notre couche plus douce,
Epaississons nos verts tapis !

Chaque fleur prend part à la fête.
La nature éclate à la fois :
La fougère dresse sa tête,
Comme une crosse, dans les bois ;

LE PRINTEMPS

Relevant sa coiffe dorée,
Le genêt dit : « C'est le printemps! »
La sauge vers la centaurée
S'incline, et lui dit : « Je l'entends! »

Les muguets aux mille clochettes
Carillonnent pour son retour,
Et les fraisiers dans leurs cachettes
Ont des frémissements d'amour;

Le cytise mêle aux broussailles
Ses grappes d'or; le vieux buisson
Se fait beau pour les fiançailles
De l'églantine et du pinson;

Entre les feuilles desséchées,
La pervenche ouvre un œil d'azur;
Les joubarbes se sont penchées
Pour le voir, au rebord du mur;

La clématite qui s'enroule,
Et les liserons familiers
Sur les saules grimpent en foule,
Comme une bande d'écoliers;

Près des fossés, les pâquerettes
Disent entre elles : « Le voici!
— Oublions nos peines secrètes,
Et soyons gai! » dit le souci;

Les renoncules étonnées
Entr'ouvrent leurs calices d'or
Et leurs corolles satinées,
Où la coccinelle s'endort;

Dans son réduit, la violette
N'a point ses habits de gala;
Mais elle ouvre sa cassolette,
Et son parfum dit : « Je suis là! »

Et dans le feuillage, dans l'herbe,
Sur les chemins, dans les forêts,
Au sillon qui promet la gerbe,
Dans le noir limon des marais,

Sur les fumiers et dans les sables,
Sur le terreau des maraîchers,
Comme aux sources intarissables,
Qui mouillent le flanc des rochers;

A la margelle des puits sombres,
Aux toits que la pluie a lavés,
Parmi le fouillis des décombres,
Entre les fentes des pavés :

Tout vit, tout pousse, tout verdoie,
Tout se renouvelle en tout lieu;
Pour remettre la terre en joie,
Il suffit d'un souffle de Dieu;

Et pris d'une gaîté pareille,

Le poète, las des hivers,

Dit : « Quelque chose en moi s'éveille :

C'est le printemps! — Faisons des vers! »

VACANCES

Ami, vous demandez comment
Septembre, en ce pays Normand,
    S'écoule et passe?
Sur le sable je vais m'asseoir,
Et je regarde jusqu'au soir
    Le grand espace!

Vous croyez qu'il me faut un port,
Une flotte à l'ancre ou qui sort,
    Une marine
Comme Vernet nous les peindrait,
Comme Pérelle, trait pour trait,
    Nous les burine?

Des pêcheurs pliant leurs filets;
De vieux bateaux, sur les galets,
    Séchant leurs quilles;
Et le bizarre entassement
Des larges turbots se pâmant
    Près des anguilles?

Des écueils et des naufragés,
Et de beaux effets ménagés
    Pour la peinture?
Quelque vaisseau qui sombre en mer,
Sans oublier surtout l'éclair
    Dans sa mâture?

Non, non! la mer, et rien de plus,
Avec son flux et son reflux,
    Basse, et puis haute;
La mer, dans un lieu retiré,
Venant pour moi seul, par degré,
    Battre une côte!

Point de baigneurs sur mon chemin;
Tout est désert : nul bruit humain
    Qui me déplaise;
Pas une barque à l'horizon;
Rien qu'un taureau sur le gazon
    De la falaise;

Rien que le cri du goéland,
Rien que le vol rapide ou lent
    De la mouette;
Ou le choc monotone et sourd
Du gravier détaché qui court
    Dans l'eau muette.

C'est là qu'immobile témoin,
Tout le jour, je contemple au loin
        L'œuvre divine;
Seul sur ce rivage écarté,
Dans sa puissance et sa beauté
        Je l'examine!

Je m'abîme dans mon néant;
Des aromes de l'Océan
        Mon cœur s'enivre!
Autour de moi, partout présent,
Dieu se révèle, et, complaisant,
        M'ouvre son livre!

Je mesure et je suis des yeux
L'horizon qui longe les cieux :
        Sa ligne étrange,
Du vert sombre au rouge vermeil,
D'heure en heure, avec le soleil,
        Se teint et change.

Ce sont des tons à l'infini,
D'argent, de bronze et d'or bruni,
        De feu, de braise;
Le fondeur a jeté cristaux,
Rayons, couleurs, tous ses métaux
        Dans la fournaise!

Cet amas d'eau calme en son lit,
C'est un miracle qui remplit
      Mon âme entière;
Et je sonde ces profondeurs,
Où se cachent tant de splendeurs
      A la lumière!

Et je traduis la voix des flots :
Ce sont parfois de longs sanglots;
      Ému, j'écoute!
C'est un grondement souterrain,
Pareil au bruit d'un char d'airain,
      Sous une voûte;

C'est la pluie, ou bien le torrent,
Ou le liquide murmurant
      Qui s'évapore;
Le bruit s'apaise, et puis renaît,
Plus sourd quand le flot se traînait,
      Ou plus sonore.

Encore un flot qui s'arrondit,
Qui tombe, écume et rebondit
      Sur le rivage;
Une algue brune, dans ses flancs,
Apparaît sous les flocons blancs,
      Vogue et surnage.

Aux flots rampants, aux flots domptés
Succèdent des flots irrités :
      La vague immense
De loin se dresse obliquement,
Se brise et fuit en un moment,
      Puis recommence!

Des flots encor, des flots toujours,
Qui semblent se porter secours :
      Chacun travaille.
Effroyable rivalité!
La rive est le champ disputé
      Par la bataille.

On peut les compter par milliers,
Et leurs roulements réguliers
      N'ont point de cesse;
Ils galopent par escadrons;
L'un après l'autre, avec des bonds,
      Monte et se presse;

C'est à qui grimpera plus haut,
Achevant l'éternel assaut
      Que le flux tente!
La vague échoue, une autre accourt,
Et meurt, dans son élan trop court,
      Sur l'âpre pente!

Ami, vous me connaissez :
Ce seul spectacle, c'est assez
    Pour mes journées;
Mes préférences, dès longtemps,
Vers ces mystères irritants
    Se sont tournées!

Je me demande, confondu,
Ce que je suis, ainsi perdu
    Sur cette grève;
Et si le charme tout-puissant
Qui vient du gouffre menaçant
    N'est pas un rêve!

A MA MÈRE

Aux entraves du vers soumettant ma raison,
J'ai dit l'attrait puissant des monts et des vallées:
De mes émotions, libres ou refoulées,
J'ai noté l'harmonie et recueilli le son;

Au banquet paternel j'attablai ma chanson,
Et tous ont eu leur part des strophes envolées,
Depuis la sainte aïeule aux prunelles voilées,
Jusqu'à la jeune épouse égayant ma maison!

Ma mère... — Ce nom seul décourage la Muse!
J'en souffre tous les jours, tous les jours je m'accuse,
Et je prélude encore, et pour y renoncer!

Mon cœur est tout rempli d'amour : mais, pour le dire,
Je n'ai que mon regard, je n'ai que mon sourire,
Je n'ai que mes deux bras, ma lèvre et mon baiser!

CAÏN ET ABEL

A MADEMOISELLE GENEVIÈVE SARDOU.

Au sommet du coteau de Marly, l'autre été,
Dans un fin paysage inondé de clarté,
Le long des gazons verts du grand parc, côte à côte,
Tous deux nous cheminions devisant, moi, votre hôte,
Et vous, maître inspiré du théâtre, dompteur
De la foule, toujours très doux au visiteur.
Et vous me racontiez les histoires passées,
Rire ou larmes, discrets romans, âmes blessées,
Senteur de musc unie aux parfums printaniers,
Drames éclos ou morts sous ces longs marronniers
Dont Figaro jadis eût peuplé les quinconces,
Ou sur ces bancs moussus, envahis par les ronces.
Puis, vous évoquiez l'Art et ses obscures lois;
L'enchanteur animait, du geste et de la voix,
Toutes les passions, vivantes sur la scène;
Faisait chanter l'amour, faisait rugir la haine :
Et moi, vieil écolier, je m'instruisais encor,
Au point d'en oublier le magique décor!
Tout à coup, devant nous, au tournant d'une allée,
Une enfant apparut, qui pleurait désolée,

Ainsi qu'un petit ange exclu du paradis !
Elle approchait de nous, qui restions interdits,
Marchant d'un pas rapide et la tête baissée ;
Et les sanglots gonflaient sa poitrine oppressée.
Ah ! chagrin des enfants, qu'on ne supporte pas !
Vers la fillette en pleurs nous hâtâmes le pas,
Tandis qu'elle accourait vers les bras de son père,
Prompt à lui demander ce qui la désespère.
Avait-elle sept ans ? je ne sais ; mais ses cris
Nous laissaient, à la fois, inquiets et surpris,
Tant sa douleur semblait convaincue et fondée !
« Es-tu tombée ? as-tu du mal ? t'a-t-on grondée ?...
Que fais-tu seule ici ?... qui donc te surveillait ?...
J'ai cru que ta maîtresse avec toi travaillait ?...
Qu'as-tu, mon cher amour ? Réponds-moi, réponds vite ! »
Et, penché tendrement, vous serriez la petite,
Baisant sa pâle joue et ses longs cils soyeux.
« Abel est mort !... Caïn l'a tué !... » De ses yeux
Les pleurs coulaient plus fort, comme si le vieux crime,
Et le premier coupable, et la pure victime,
Dans quelque cauchemar lointain s'étaient fait voir.
Vous me dites alors : « Elle aura pris ce soir,
Sa première leçon d'histoire, — ou la seconde ; —
Nous n'en sommes encor qu'aux jours naissants du monde,
Et la chère petite a compris vaguement !... »

Ah ! pauvre enfant ! déjà des pleurs ! ton cœur aimant
Au premier sang versé se révolte et réclame !
Cette mort te fait peur et trouble ta jeune âme !

CAIN ET ABEL

Mais que diras-tu donc quand tu suivras, plus tard,
Cette race d'Adam, criminelle au départ,
Et l'histoire de sang tachée à chaque page,
Et Caïn sur Abel se ruant d'âge en âge :
Meurtres sur les chemins, meurtres dans les cités,
Meurtres dans les foyers d'horreur épouvantés,
Échafauds et gibets que le bourreau prépare ;
Évangiles d'amour dont la haine s'empare ;
Rouges pétillements des bûchers allumés ;
Troupeaux d'hommes partout au massacre animés ;
Assauts laissant aux murs leurs béantes entailles ;
Sombre férocité des antiques batailles,
Où le sang venait battre au poitrail des chevaux ;
Abominations de nos combats nouveaux,
Dont les engins maudits, qu'un moissonneur promène,
Fauchent, en longs sillons, une récolte humaine ;
Fratricides partout, sous les noms les plus beaux
Qui sonnent la fanfare au-dessus des tombeaux !

Et tous deux nous songions à ces choses étranges.
Voilà donc ce qu'il faut apprendre à nos doux anges !
Le sourire à la lèvre et l'innocence au front,
Voilà ce qu'ils liront, voilà ce qu'ils sauront !
On voudrait épargner ces êtres que l'on aime,
Leur laisser ignorer l'insoluble problème.
Le grand parc est si gai, si fleuri le gazon !
Un couchant si tranquille empourpre l'horizon !
Le soir paraît si bien nous bercer ! La nature
Semble si maternelle à toute créature !

Ces enfants, on voudrait, prolongeant leurs ébats,
Leur dire : « Allez ! jouez ! — et ne grandissez pas !
L'homme est bon, l'homme est juste, et la terre est heureuse.
S'il faut lutter parfois, la lutte est généreuse ;
Les nobles intérêts sont les seuls débattus,
Et toutes passions s'achèvent en vertus ! »

Mais non, la vieille histoire est là, qu'on étudie !
Pauvre petit public, à notre tragédie
Ton précoce savoir s'est mal habitué :
Hélas ! Abel est mort, — et Caïn l'a tué !

LE REPOS DU PAYSAN

L'office a commencé : l'église est large ouverte ;
La grosse voix du chantre éclate jusqu'à nous.
On aperçoit, du seuil, les femmes à genoux ;
Les hommes sont dehors, la tête découverte.

Tandis que le serpent fait ses rauques accords,
Debout, libres du poids des bêches et des pioches,
Ils devisent entre eux, les deux mains dans leurs poches,
Sous leurs habits de fête étirant leurs grands corps,

C'est la loi du repos : ils ont, pour la journée,
Quitté l'arpent de terre, à peine ensemencé ;
Sur les longs coteaux bruns le soc gît enfoncé ;
Dans les chaumes déserts la herse est retournée.

Ils ont laissé les bœufs à l'etable accroupis,
Et, comme eux absorbés dans un oubli paisible,
Ils tournent par instants vers l'autel invisible
Leur front, dont la sueur est sur tous nos épis !

Les bras ont travaillé, l'âme prend sa revanche :
Car, redressant l'échine aux premiers carillons,
Le rude paysan, le fils des noirs sillons,
Courbé durant six jours, n'est droit que le dimanche.

LA ROBE

Dans l'étroite mansarde où glisse un jour douteux
La femme et le mari se querellaient tous deux.
Il avait, le matin, dormi, cuvant l'ivresse,
Et s'éveillait, brutal, mécontent, sans caresse,
Le regard terne encore, et le geste alourdi,
Quand l'honnête ouvrier se repose, à midi.
Il avait faim; sa femme avait oublié l'heure;
Tout n'était que désordre aussi dans sa demeure;
Car le coupable, usant d'un stupide détour,
S'empresse d'accuser pour s'absoudre à son tour !

« Qu'as-tu fait? d'où viens-tu? réponds-moi. Je soupçonne
Une femme qui sort et toujours m'abandonne.
— J'ai cherché du travail : car, tandis que tu bois,
Il faut du pain pour vivre, et, s'il gèle, du bois !
— Je fais ce que je veux ! — Donc je ferai de même !
— J'aime ce qui me plaît ! — Moi, j'aimerai qui m'aime !
— Misérable!.. » Et soudain des injures, des cris,
Tout ce que la misère inspire aux cœurs aigris,

LA ROBE

Avec des mots affreux, mille blessures vives ;
Les regrets du passé, les mornes perspectives,
Et l'amer souvenir d'un grand bonheur détruit.

Mais l'homme, tout à coup : « À quoi bon tout ce bruit ?
J'en suis las ! tous les jours c'est dispute nouvelle,
Et c'est par trop souvent me rompre la cervelle.
Beau ménage vraiment que le nôtre après tout !
Je prends à vivre ainsi l'existence en dégoût.
Rien ne m'attire plus dans cette chambre sombre
Où la chance est mauvaise, où des malheurs sans nombre
M'ont accablé. » La femme aussitôt : « Je t'entends.
Eh bien, séparons-nous ! d'ailleurs, voilà longtemps
Que nous nous menaçons. — C'est juste ! — En conscience,
J'ai déjà trop tardé. — J'eus trop de patience.
Une vie impossible ! — Un martyre ! — Un enfer !
— Va-t'en donc ! dit la femme, ayant assez souffert ;
Garde ta liberté ; moi, je reprends la mienne !
C'est assez travailler pour toi. Quoi qu'il advienne,
J'ai mes doigts, j'ai mes yeux : je saurai me nourrir.
Va boire ! tes amis t'attendent ; va courir
Au cabaret ! le soir, dors où le vin te porte !
Je ne t'ouvrirai plus, ivrogne, cette porte !
— Soit. Mais supposes-tu que je vais te laisser
Les meubles, les effets, le linge, et renoncer
A ce qui me revient dans le peu qui nous reste,
Emportant, comme un gueux, ma casquette et ma veste ?
De tout ce que je vois il me faut la moitié.
Partageons. C'est mon bien. — Ton bien ? quelle pitié !

Qui de nous pour l'avoir montra plus de courage?
O pauvre mobilier, que j'ai cru mon ouvrage!
N'importe! je consens encore à partager :
Je ne veux rien de toi, qui m'es un étranger!»

Et les voilà prenant les meubles, la vaisselle,
Examinant, pesant; sur leur front l'eau ruisselle;
La fièvre du départ a saisi le mari;
Muet, impatient, et sans rien d'attendri,
Ouvrant chaque tiroir, bousculant chaque siège,
Il presse ce travail impie et sacrilège,
Tout est bouleversé dans le triste taudis,
Dont leur amour peut-être eût fait un paradis.
Confusion sans nom, spectacle lamentable!
Partout, sur le plancher, sur le lit, sur la table,
Pêle-mêle, chacun, d'un rapide regard,
Entasse les objets et se choisit sa part.
« Prends ceci; moi cela! — Toi, ce verre; moi, l'autre!
— Ces flambeaux, partageons! — Ces draps, chacun le nôtre! »
Et tous deux consommaient, en s'arrachant leur bien,
Ce divorce du peuple, ou la loi n'est pour rien.

Le partage tirait à sa fin; la journée,
Froide et grise, attristait cette tâche obstinée,
Quand soudain l'ouvrier, dans le fond d'un placard,
Sur une planche haute, aperçoit à l'écart
Un vieux paquet noué qu'il ouvre et qu'il déplie.
» Qu'est-ce cela? dit-il; du linge qu'on oublie?

Voyons!... des vêtements?... une robe?... un bonnet?... »
Leur regard se rencontre, et chacun reconnaît,
Intactes et dormant sous l'oubli des années,
D'une enfant qui n'est plus les reliques fanées.
Ils s'arrêtent tous deux, interdits et sans voix;
Leur cœur est traversé d'un éclair d'autrefois;
Leur fille en un instant revit là, tout entière,
Dans sa première robe, hélas! et sa dernière.
« C'est à moi, c'est mon bien! dit l'homme en la pressant.
— Non, tu ne l'auras pas, dit-elle, pâlissant;
Non; c'est moi qui l'ai faite et moi qui l'ai brodée....
— Je la veux. — Non, jamais! pour moi je l'ai gardée,
Et tu peux prendre tout! laisse-moi seulement,
Pour l'embrasser toujours, ce petit vêtement.
O cher amour! pourquoi Dieu l'a-t-il rappelée,
Depuis trois ans tantôt qu'elle s'en est allée,
Si bonne et si gentille?... Ah! depuis son départ,
Tout a changé pour moi : maintenant, c'est trop tard! »

Et, d'un pas chancelant, elle prit en silence
Les objets qu'il lâcha sans faire résistance.
Elle arrêta longtemps sur ces restes sacrés,
Immobile et rêvant, ses yeux désespérés;
Embrassa lentement l'étroite robe blanche,
Le petit tablier, le bonnet du dimanche;
Puis, dans les mêmes plis, comme ils étaient d'abord,
Sombre, elle enveloppa les vêtements de mort,
En murmurant tout bas : « Non! non! c'est trop d'injure!
Tu te montres trop tard! — Trop tard? En es-tu sûre?

Dit l'homme en éclatant : et puisque notre enfant
Vient nous parler encore, et qu'elle nous défend
De partager la robe où nous l'avons connue,
Et que pour nous gronder son âme est revenue,
Veux-tu me pardonner? je ne peux plus partir! »

Il s'assit. De ses yeux coulait le repentir.
Elle courut à lui : « Tu pleures?... ta main tremble?... »
Et tous deux, sanglotant, dirent : « Restons ensemble! »

LE MIROIR

Je revois des pays que j'ai vus à vingt ans.

Ces sentiers au milieu des blés mûrs serpentants,
Ces taillis où j'allais surprendre, vers la brune,
Le coucher des oiseaux sous un rayon de lune,
Ce ruisselet perdu dans les ronces des bois,
Ce ravin, ce rocher que j'ai gravi vingt fois,
Tous ces objets riants dont ma mémoire encore
Garde chaque détail, pittoresque ou sonore,
Je les retrouve! Ainsi j'observais, j'écoutais,
J'admirais. Aujourd'hui, suis-je ce que j'étais?
J'attends, j'appelle en vain l'émotion intense
Des jeunes souvenirs évoqués à distance :
Où sont-ils, ce prestige et cet enchantement
Indicibles, qui n'ont peut-être qu'un moment?
C'est la même clairière où j'écartais les herbes;
Voici les genêts d'or dont j'arrachais des gerbes;
Les chênes sont plus hauts, les saules plus penchés,
Mais les oiseaux chanteurs y sont toujours cachés.
Sur les mêmes coteaux grimpent les mêmes vignes;
Ce sont, à l'horizon pourpré, les même lignes,

Et les petits clochers au tintement si pur
Qu'on aurait dit des voix s'envolant dans l'azur !

Mais ces tableaux, dont l'âme alors était ravie,
Je les vois à travers les brumes de la vie,
Toujours s'épaississant dès qu'on est loin du seuil ;
A travers les ennuis, les mécomptes, le deuil,
Les sens plus émoussés, la raison plus savante,
Tout ce qui froisse, irrite, humilie, épouvante
Et décourage ! Ainsi, quand nous l'interrogeons,
La nature est la même, et c'est nous qui changeons.
Rien n'a pu l'altérer : c'est nous seuls que tout blesse,
Nous mesurions sa force et non notre faiblesse ;
Avec d'autres pensers, nous avons d'autres yeux ;
Nous la jugeons moins belle, étant plus soucieux ;
Notre propre bonheur nous la peignait plus tendre.
Jeune, on lui donnait tout ; vieux, elle doit tout rendre !
Je trouve moins de charme aux lointains carillons ;
Les champs ont moins de fleurs et moins de papillons !
Je sens ce que l'esprit met de soi dans les choses :
Et la nature en nous fait ces métamorphoses !
Elle n'est qu'un miroir, et nous rend ses rayons.
Elle a beau se montrer, c'est nous que nous voyons ;
Et, comme il faut gravir une pente plus rude,
Nous lui prêtons notre ombre et notre lassitude !

LE ROSIER

Il a vécu sur un tombeau,
Le rosier fleuri que j'arrose ;
Le mystère du froid caveau
S'épanouit dans chaque rose.

Sur le tombeau d'un pauvre enfant,
D'un pauvre enfant qui fut mon frère !
Il avait ses fleurs à tout vent
Et ses racines dans la bière.

Un simple marbre a tout couvert.
Le buis n'y vient plus en bordure ;
Le thuya, l'arbre toujours vert,
N'ombrage plus la sépulture.

Le deuil a parfois son dédain :
On a proscrit tout ce qui tombe.
Et j'ai planté dans mon jardin
L'humble rosier, fils de la tombe !

Parmi les autres confondu,
Nul regard ne peut le connaître.

LE ROSIER

Dans la corbeille il est perdu ;
Seul, je le vois de ma fenêtre.

Et j'hésite en le comparant :
Mêmes parfums et même tige ;
Sur sa corolle, indifférent,
Le papillon plane et voltige ;

Son feuillage est aussi léger ;
Sa fleur n'est pas plutôt flétrie ;
Rien ne trahit, pour l'étranger,
La première et sombre patrie !

Mais souvent, au déclin du jour,
Quand la foi rêve, — ou bien le doute, —
Seul, je m'approche avec amour,
Je l'interroge et je l'écoute ;

Alors, je le vois frissonner
Au souvenir que je réveille :
Chaque rameau semble incliner
Vers ma lèvre sa fleur vermeille ;

Il me parle du cher blondin,
Endormi dans la paix profonde ;
Et fait passer dans mon jardin
Comme un souffle de l'autre monde !

1862.

REGRET

L'aïeul, tranquille à l'ombre, aime à lire un vieux livre,
Quand le soleil d'automne empourpre l'horizon;
L'active ménagère ordonne la maison,
Et se mire, en passant, dans les grands plats de cuivre.

Il faut aux bruns enfants que la chaleur enivre
Des fruits qu'on se dispute, assis sur le gazon;
Quand viennent les amis, dans la froide saison,
Il leur faut du bon vin qui fasse aimer à vivre!

Et toi, qu'un rêve heureux tant de fois consola,
Aïeul, épouse, enfants, amis, tous les voilà;
Mais aucun n'a son lot, et ton âme est jalouse :

Car tu n'as point — hélas! Dieu ne l'a pas permis! —
Le jardin pour l'aïeul, le dressoir pour l'épouse,
Les fruits pour les enfants, le vin pour les amis!

LA MÈRE ET L'ENFANT

J'avais plus d'une fois fait l'aumône, le soir,
A certaine pauvresse errant sur le trottoir.
Comme un spectre dans l'ombre et d'allure furtive,
On la voyait passer et repasser, craintive,
Maigre, déguenillée, étouffant dans ses bras
Un pauvre corps d'enfant que l'on ne voyait pas :
Cher fardeau qu'un haillon emmaillote et protège,
Et qui dormait en paix, sous la pluie et la neige,
Trouvant, près de ce sein flétri par la douleur,
Son seul abri, sans doute, et sa seule chaleur !
Elle tendait la main. Suppliante et muette,
Sous les rayons blafards qu'au loin le gaz projette,
Elle glissait rapide, et, dans les coins obscurs,
Au détour des maisons ou le long des vieux murs,
S'approchait, d'un regard vous disait sa misère :
Et, comme à ces tableaux tout cœur ému se serre,
On lui donnait. Parfois, j'ai longuement rêvé
A ces grands dénûments qui hantent le pavé !

Faut-il poursuivre, hélas ! et ce que je vais dire,
La vulgaire pitié, l'accueillant pour maudire,

S'en fera-t-elle une arme? et dans chaque passant
Aurais-je fait germer un soupçon renaissant?
Ah! si, par mon récit, j'allais fermer une âme,
Rendre suspect le pauvre, et la misère infâme;
Si je devais glacer un seul cœur révolté.
Si je devais tarir ta source, ô charité,
Et, rassurant tout bas l'égoïsme du sage,
Arrêter seulement une obole au passage,
Je me tairais! — Mais non. Pourquoi cacher sans fin
Les conseils ténébreux qui naissent de la faim?
Sondons, pour mieux guérir! Je hais le mal qu'on farde.
J'aperçois plus profond l'abîme où je regarde,
Mais non pas moins navrante ou moins digne d'amour
L'affreuse vérité qui se dévoile au jour.

Et qu'importe après tout? Donnons dans chaque piège!
Devant la main qu'on tend l'enquête est sacrilège :
Pour que le pauvre ait droit à notre charité,
Il suffit de sa honte et de sa pauvreté;
Et tout ce qu'on découvre, et tout ce qu'on devine,
Ne doit rien retrancher de l'aumône divine!

Un soir, je vis la femme à vingt pas devant moi :
Elle précipitait sa course avec effroi :
On la suivait. Un homme, — un agent, — l'interpelle,
Et, traversant la rue, il marche droit sur elle;
Il la saisit, du geste écarte brusquement
Le châle où reposait le pauvre être dormant,

Prend le bras qui résiste, et l'enfant tombe à terre!
L'enfant, non : pas un cri ne sortit de la mère.
Quelques haillons noués d'un mauvais fichu blanc,
Jusqu'au bord du ruisseau vont en se déroulant;
Et, comme j'approchais, l'homme au cruel office
De l'informe paquet me fit voir l'artifice.
Un éblouissement me passa sur les yeux;
J'aurais voulu douter du spectacle odieux;
Et, bien qu'on m'eût déjà conté ce stratagème,
J'éprouvais un dégoût à le toucher moi-même!
Ces enfants endormis que je rêvais si beaux
N'étaient plus désormais que langes et lambeaux!
De quel nom vous nommer, prières, larmes feintes?
O misère, qui joue avec ces choses saintes,
Et peut si bien mentir que le cœur se défend
D'un désespoir de mère et d'un sommeil d'enfant!

J'allais m'enfuir, laissant la misérable aux prises
Avec l'agent, moins tendre à de telles surprises,
Quand j'entendis, tremblante et brisée, une voix
Qui m'implorait : « Oh! oui, c'est la première fois!
Si vous voulez me croire, et venir, et me suivre,
Vous verrez l'autre : il vit! Car le petit veut vivre!
C'est lui qu'hier encor je portais; mais ce soir
Il fait si froid, l'enfant est si chétif à voir,
Et, quand il tousse, on est si navré de l'entendre,
Que je n'ai pas voulu, pour cette fois le prendre;
Car c'était le tuer : — vous comprenez cela?... —
Et c'est pourquoi j'ai fait bien vite... celui-là!

Qu'on ne m'arrête point! vous êtes charitable :
Venez, et vous verrez l'enfant, — le véritable. »

Et la femme aux haillons devant moi sanglotait :
Et j'ai cru, comme vous, ce qu'elle racontait.

ASCENSION

Près de mon pied plus sûr pose tes pas timides :
Ces pins touchés des vents ont d'ineffables voix.
N'as-tu pas besoin d'air? Vers ces pentes rapides
Marchons! Il faut gravir, touristes intrépides,
    Jusqu'à la cime que tu vois.

    Suivons la cascade sonore,
       — Encore, encore! —
    Cherchons la source de ce flot
      Encor plus haut!

J'aimai toujours les monts : plus jeune et plus agile,
J'ai parcouru jadis ces sentiers odorants;
J'ai dormi sous les toits où le pâtre s'exile,
Et mesuré de près, sur un appui fragile,
    Le sombre abîme des torrents.

    Ces sommets que l'azur colore,
       — Encore, encore! —
    J'en veux avoir le dernier mot,
      Encor plus haut!

Aromes des forêts, vous enivrez ma tête !
Vois, le chemin plus doux s'attarde à ce gazon :
Essayons de ces bois la facile conquête,
Oh ! ne descendons pas ! j'en veux toucher le faîte,
    Pour embrasser tout l'horizon

    Dans la brume qui s'évapore,
      — Encore, encore ! —
    Des brebis j'entends le grelot
      Encor plus haut !

Mais devant nous s'allonge une côte nouvelle,
Et le chemin franchi n'est qu'un sommet trompeur.
En un chaos de rocs le granit s'amoncelle,
Au-dessus fuit la cime où la neige étincelle :
    Prends ma main, si tes yeux ont peur.

    Où nous arrivons, je l'ignore.
      — Encore, encore ! —
    Courage ! nous serons bientôt
      Encor plus haut !

De gradins en gradins, aux pentes dépassées,
Tout ce qu'on a d'impur demeure, et la vertu
Se dégage du fond des âmes oppressées ;
Cet air plus généreux qui souffle en mes pensées
    Comme moi le respires-tu ?

Mais la cime à cent pas se dore;
— Encore, encore! —
Le ciel est pur, le soleil chaud :
Encor plus haut!

Torrents, rochers confus, forêts et pâturages,
Nous avons contemplé vos étranges beautés;
Nous avons traversé la zone des orages,
Et de ces pics glacés, unissant nos courages,
Foulé les sommets dévastés.

Divin tableau que l'œil explore!
— Encore, encore! —
Tentons cette crête à l'assaut,
Encor plus haut!

Le niveau de notre âme est trop bas sur la terre!
Il faut monter encore, il faut monter toujours!
Monter comme l'oiseau qui cherche la lumière,
Monter comme l'encens, monter comme le lierre,
Jusqu'aux derniers crénaux des tours.

Sainte liberté que j'adore!
— Encore, encore! —
Nous approchons du terme : il faut
Monter plus haut!

Confondus et tremblants, nous voici sur le faîte,
Et quelque chose manque à notre obscur désir :
Même au sommet des monts où notre orgueil s'arrête,
Nous soupirons tout bas, et nous levons la tête
    Vers un but qu'on ne peut saisir.

    O monde inconnu que j'implore !
      — Encore, encore ! —
    Cherchons la sphère où l'âme éclôt,
      Encor plus haut !

CORRESPONDANCE

LETTRE DE MARGUERITE SIMON

Trouville.

Moi, je vais bien : et toi? Il fait un temps superbe!
Je suis dans un jardin très grand, avec de l'herbe.
Je vois la mer : elle a beaucoup d'eau! J'ai des fleurs
Rouges, jaunes, lilas, de toutes les couleurs.
J'ai mes poules, mon chat, mon mouton et mon âne,
Et quand je suis dessus, père dit : « Elle est crâne! »
Je fais aussi des trous dans le sable, le soir,
Et puis j'entre dedans : c'est très bon pour s'asseoir.
Je m'amuse. Je joue avec des coquillages.
Quand j'ai du papier blanc, je fais des gribouillages :
Mes poules et mon chat, mon âne et mon mouton.
Tu n'es jamais venu : quand donc te verra-t-on?...
Je m'applique, tu vois, et je t'écris moi-même :
On ne tient plus ma main. — Marguerite qui t'aime.

RÉPONSE DE L'AMI

Paris.

Merci! ta lettre a fait ma joie et ma gaîté :
D'abord, c'est bien écrit; puis c'est bien raconté.

CORRESPONDANCE

Ces mots simples n'ont rien des phrases à la mode ;
Parler comme l'on sent est la bonne méthode !
Ton naturel est fait pour me décourager.
O langue des enfants ! Dis-moi, veux-tu changer ?
Mon vieux style est si loin de ta jeune parole !
C'est encore chez toi que j'irais à l'école !

Sur d'autres points, d'ailleurs, tu me rendrais jaloux.
Les animaux me vont droit au cœur, — sauf les loups
Avec qui trop souvent il faut hurler quand même !
Ces êtres du bon Dieu, comme toi, je les aime
J'ai bien un chien ; mais l'âne et les poules m'iraient.
Je gage qu'avec moi les bêtes parleraient !
Elles sont tout mystère et reposent des hommes.
Quand nous avons peiné pour vivre, quand nous sommes
Déçus, découragés, et que nous nous lassons,
Leur âme qui s'ignore a pour nous des leçons !
En y joignant les fleurs, le jardin, ton sourire,
Et la profonde mer dont l'infini m'attire,
Après des jours trop pleins j'aurais la paix du soir !
Dans le sable, avec toi, j'irais aussi m'asseoir ;
Et si du papier blanc dont je fais gaspillage,
Me tombait sous la main, gare à mon gribouillage !
Adossé mollement au bord de l'entonnoir,
A ma façon, distrait, j'alignerais du noir !
Je suivrais ton exemple, et nous ferions la paire.

Te voilà philosophe autant que ton grand-père :
Sa haute raison joue en tes jeux enfantins :

Il sent le grand repos des horizons lointains;
Il pèse, à tes côtés, le sable de la grève;
La voix du flot mourant berce si bien son rêve!
Il sait du gouffre obscur les secrets; il a lu
Le livre où chaque page enseigne l'absolu.
Après les longs combats et la mêlée ardente,
La vague, comme à toi, devient sa confidente!
Oh! ne le quitte pas! Ne l'abandonne pas!
S'il est songeur, approche et parle-lui tout bas!
Quelque amer souvenir qui l'obsède et l'irrite,
Il ne résiste pas à ta voix, Marguerite;
Et, sous quelque souci qu'il soit près de plier,
Ta lèvre sur son front lui fait tout oublier!

Mais c'est beaucoup t'écrire, et tu diras toi-même:
« Comme c'est long! » — Adieu. Ton vieil ami qui t'aime.

LE VOYAGE DE NUIT

Le jour décline : on voit, dans l'azur obscurci,
Sa molle décroissance et son voile épaissi.
Dans le silence vaste et profond, le vacarme
De notre train lancé prête encor plus de charme
A ces champs qu'aucun bruit ne trouble, à ces vergers
Sans hôtes, à ces prés sans troupeaux ni bergers,
A ces coteaux déserts, si loin que l'œil y plonge.
A peine un paysan presse un pas qu'il allonge,
Au revers du sentier plus court qu'on aperçoit ;
Ou, dans le sol pierreux d'un chemin trop étroit,
Un chariot de foin roule, d'allure lente,
Laissant les buissons mordre à la meule ambulante,
Tandis qu'un conducteur, tout suant de courroux,
De sa gaule, en jurant, stimule ses bœufs roux.
Les eaux, le ciel, la terre ont de nouvelles teintes ;
Les contours sont plus doux, les couleurs plus éteintes ;
Et les objets, pareils aux papillons du soir,
Dans la gamme des tons vont du gris jusqu'au noir.
Puis tout se tait ; tout rentre au logis ; tout se ferme ;
On a tiré là-bas les volets de la ferme ;

L'auberge a clos sa porte et poussé ses auvents,
Et l'aile du sommeil a touché les vivants.
La nuit! Tous les rayons sont morts : le noir domine.
L'ombre est opaque; au ciel nul astre n'illumine.
Mes yeux plongent en vain dans cette obscurité :
Est-ce lande déserte ou pays habité?
Aux deux côtés du train quel aspect se déroule?
Là-bas, ce reflet vague, est-ce un fleuve qui coule?
Cette ombre plus voisine, est-ce un bois? L'horizon
Est-il vaste ou restreint? est-ce vigne ou gazon?
Enclos bornant la vue ou campagne lointaine?
Roche abrupte ou prairie en pente? Val ou plaine?

Je ne discerne rien : je regarde toujours!
Cependant, près ou loin, dans la nuit sans contours,
Quelques feux attardés, dont l'ombre est ponctuée,
Scintillent au travers de l'humide buée,
Comme dans les foyers presque éteints des tisons.
Ces lampes, éclairant d'invisibles maisons,
Nous laissent ignorer si leur pâle lumière
Vient du château qui passe ou bien de la chaumière,
Tant les objets, épars sur la route ou groupés,
Dans un mince linceul dorment enveloppés,
Mais ces points lumineux, ces vacillantes flammes
Sont des logis peuplés d'hommes, d'enfants, de femmes,
De travailleurs des bras ou du cerveau, de gens
Tristes ou gais, de cœurs lâches ou diligents,
Maîtres de la fortune ou vaincus à la peine!
Ces flambeaux, brûlent-ils pour l'amour ou la haine?

Que verrait-on, là-bas, dans ce coin de la nuit?
Est-ce le mal qui veille? est-ce le bien qui luit?
Souffre-t-on? Pleure-t-on? Espère-t-on? — N'importe!
Vers tous cès inconnus mon rêve se transporte,
Sans qu'ils sachent jamais qu'à travers l'ombre un cœur
Dans ce wagon qui fuit a battu près du leur!
Mais tout rentre bientôt dans une brume épaisse;
Chaque flambeau s'éteint, chaque lampe s'abaisse;
Je sens, malgré le train qui glisse avec fracas,
Ce grand repos des nuits que les villes n'ont pas;
J'en goûte la divine et grave quiétude,
Dans son allègement et dans sa plénitude;
Et j'admire, oubliant les bons et les méchants,
La profondeur des cieux sur l'infini des champs.

RACHAT

RAPPEL EN FAVEUR DES JEUNES LIBÉRÉS

« D'où viens-tu? — Du pays de misère et de honte.
— Qu'as-tu fait? — J'ai péché : je me sens avili.
— Où vas-tu? — Je gravis le sentier qui remonte.
— Que veux-tu? — Du travail. — Qu'espères-tu? — L'oubli.

— Crois-tu qu'il est un Dieu, pauvre âme encore obscure?
— Que ta bonté le prouve et j'y croirai demain.
— Crois-tu que le regret peut laver la souillure?
— Je n'en douterai plus, si tu me tends la main.

— Et sauras-tu vouloir? — Oui, pourvu qu'on m'éclaire.
— Sauras-tu marcher? — Oui, sûr contre l'abandon.
— Sauras-tu lutter? — Oui, si j'obtiens mon salaire.
— Sauras-tu souffrir? — Oui, si c'est pour le pardon! »

A UN ENFANT

Enfant, tu grandis : Que ton cœur soit fort !
Lutte pour le bien : la défaite est sainte.
Si tu dois souffrir, accorde à ton sort
Un regret parfois, — jamais une plainte.

Écris, parle, agis, sans peur du danger.
L'univers est grand : que ton œil y plonge !
Tu pourras faillir, même propager
Une erreur parfois, — jamais un mensonge.

Si tu vois plus tard d'indignes rivaux
Toucher avant toi le but de la vie,
Trahis seulement, sûr que tu les vaux,
Du dépit parfois, — jamais de l'envie.

Tu voudras aimer : l'amour prend pour lui
Nos meilleurs élans contre un long mécompte !
Du moins, qu'il te laisse, après qu'il a fui,
Des larmes parfois, — jamais de la honte.

Le mal ici-bas trône audacieux :
D'un amer dégoût si ton âme est pleine,
Nourris dans ton sein, montre dans tes yeux
Du mépris parfois, — jamais de la haine.

Et si dans ce monde, étroite prison,
Un trouble apparent met l'âme en déroute,
Que l'œuvre de Dieu laisse à ta raison
Un souci parfois, — mais jamais un doute.

LE VIEUX PAROISSIEN

Au parapet des quais, comme moi, sans scrupule,
Dans la boîte à deux sous vous l'avez rebuté,
Le pauvre paroissien qui, toujours écarté,
Surnage obstinément au fouillis qu'on bouscule !

Sa basane pelée a pris l'air indigent,
Et revêtu l'enduit des chambres enfumées ;
Ses tranches, au contact du peuple accoutumées,
N'ont connu ni l'étui, ni le fermoir d'argent.

La garde maculée et la marge noircie,
Gras, crasseux, déchiré, les quatre coins ouverts,
Tanné par les étés, moisi par les hivers,
Il est là, misérable, et nul ne s'en soucie !

Les chercheurs curieux jamais ne l'ouvriront :
Ce qu'on peut y trouver ne vaut pas la dépense !
La parole de Dieu pourrit, sans qu'on y pense,
Et l'homme la condamne à ce dernier affront !

Ce n'étaient pas des mains délicates et blanches,
Ni des gants d'où s'exhale un parfum d'encensoir,
Qui, sur le banc de chêne où l'humble va s'asseoir,
Tournaient assidûment ses pages les dimanches :

Mais le pouce calleux du rude paysan
Qui croit, comme un enfant, aux divines merveilles;
Mais, ridés et tremblants, les doigts des pauvres vieilles;
La main de la servante ou bien de l'artisan.

O livre, tout rempli de naïves promesses,
Hôte obscur et discret de quelque galetas,
Avant d'en arriver à dormir dans ce tas,
Combien, depuis un siècle, as-tu suivi de messes?

Vieux bouquin de hasard, si tu nous racontais
Tout ce que tu reçus de saintes confidences,
Les bonheurs, les regrets, les longues pénitences,
Et tous les cœurs blessés que tu réconfortais?

Triste épave échouée aux rives de la Seine,
Maintenant te voilà sous la pluie et le vent,
Dédaigné, maltraité sans nul remords, bravant
Le voisinage impur de quelque livre obscène!

Le souffle d'air qui passe, et qui s'en fait un jeu,
De tes flancs chaque jour détache une prière;
Et la feuille emportée au cours de la rivière,
Semble, en tourbillonnant, prendre son vol vers Dieu.

LE VERSET

Dans le livre où revit la Loi,
Aux premiers jours de mon enfance,
Ma grand'mère choisit pour moi
Un court verset formant sentence.

Je devais grandir plus heureux,
Si je le gravais dans mon âme :
Ce vieil usage des Hébreux,
Elle y tenait, la sainte femme!

C'étaient, pour un enfant soumis
Des mots valant une amulette;
Les yeux déjà sont endormis,
Mais l'esprit veille et les répète.

Comme un refrain mystérieux
Où la foi parle tout entière,
Dans tous les temps, dans tous les lieux
Ils me serviraient de prière.

Quand je sus bégayer des sons
Qui la ravissaient en extase,
A ses pieds prenant mes leçons,
Je récitai la simple phrase.

Elle disait : « Dieu juge bien ;
Son bras atteindra le perfide,
Mais l'humble cœur l'a pour soutien ! »
Le texte est encor plus rapide.

Jusque dans ses derniers moments :
« Dis-le toujours, murmurait-elle.
Ces versets sont des talismans
Pour gagner la vie immortelle !

« Dans le doute et dans le chagrin,
A l'heure où l'homme a besoin d'aide,
Ils sont un baume souverain :
Enfant, souviens-toi du remède ! »

Je la crus. J'aime à respecter,
Sans orgueil comme sans faiblesse,
Ne les voulant pas discuter,
Les croyances de la vieillesse !

Depuis, — et je n'en rougis pas, —
Fidèle à sa douce chimère,
J'ai souvent murmuré tout bas
L'humble verset de ma grand'mère.

Sur mes lèvres parfois, le soir,
Lorsque je sens mes yeux se clore,
Les mots viennent sans le vouloir;
Chère âme, j'obéis encore!

Et je dois un calme infini
A la leçon si bien apprise;
La main qui jadis m'a béni,
Je la sens sur ma tempe grise;

La maxime qui me défend,
Moi si fier d'un peu de science,
Je la redis comme un enfant,
Avec la même confiance!

Elle me rend, comme autrefois,
Tous les chers souvenirs que j'aime,
L'aïeule avec sa tendre voix,
Mon innocence et ma foi même.

Ce que je pense, Dieu le sait bien!
Prions-le : la forme n'importe!
Le cœur est tout, le mot n'est rien,
Pour nous ouvrir la sainte porte!

LE SOUFFLET

J'ai perdu mon enfant, me disait le pauvre homme,
Ce cher petit amour plus joufflu qu'une pomme,
Qui souriait toujours, et venait lestement,
Quand j'arrivais, se pendre à mon lourd vêtement.
Vous la rappelez-vous, sa bonne tête blonde,
Où j'avais concentré mon bonheur en ce monde?
Ses yeux vous regardaient, avec quelle candeur!
Il avait dans ses yeux une si franche ardeur!
Il vous demandait tout avec un air si brave,
Qu'on n'y résistait point : et j'étais son esclave!
Il trouvait de ces mots qui dissipent le deuil.
Il était mon espoir et déjà mon orgueil!
Oh! qui me les rendra ces heures passagères!

Un mal, dont le nom seul épouvante les pères,
Me l'a pris en deux jours; et je doute parfois
S'il est vrai que jamais je n'entendrai sa voix,
Que je ne verrai plus ses grâces enfantines
Remplir ma solitude, et ses deux mains mutines,

Quand il me surprenait, avec l'aube, dormant,
M'étreindre tout à coup de leur embrassement !
Fête délicieuse et trop vite écoulée !
Calme où se retrempait mon âme consolée !
Et maintenant je pleure, en les voyant si courts,
D'avoir pu refuser quelque joie à ses jours ;
Et d'avoir sans pitié, dans mon humeur sauvage,
Sur son beau petit front laissé même un nuage !
J'aurais dû lui donner, prévenant chaque vœu,
Tous ces bonheurs d'enfant qui nous coûtent si peu !
Mais non : notre raison pour eux est implacable !

Surtout un souvenir me poursuit et m'accable :
Au bout de mon jardin j'avais un espalier
A faire tressaillir le cœur d'un écolier !
C'était tout un verger sur la muraille blanche ;
Avec un soin jaloux j'en gardais chaque branche.
Un jour, je vois l'enfant, pauvre ange de sept ans,
Qui mordait dans un fruit, de ses plus belles dents.
Il avait, loin de moi, cueilli, — la grosse offense ! —
Une pêche âpre encore, et bravant ma défense !
Soudain, par un détour, je m'approchai sans bruit,
A peine il m'aperçut qu'il rejeta le fruit.
Mais il était coupable, et la rigueur est sage ;
De ma main rudement je frappai son visage ;
Puis je me retirai, sévère, triomphant
D'avoir noyé de pleurs son doux regard d'enfant ;
Et lui, honteux, tremblant, la poitrine gonflée,
De sanglots convulsifs remplissait chaque allée !

Oh! ce soufflet brutal pour un mauvais fruit vert
Qu'il avait dérobé dans le jardin désert,
Tandis qu'en liberté, chantant, courant, il joue,
Ce soufflet imprimé sur sa petite joue,
Et qui, dans un instant, change en pleurs ses ébats,
Ce soufflet, — mon remords, — je ne l'oublierai pas!
Regrets tardifs! Ma vie au passé condamnée,
Est de ce souvenir toujours importunée:
— Faiblesse paternelle, étrange à d'autres yeux, —
Je revois cette scène et me trouve odieux.
Droit, force ni raison, rien ne me justifie;
Ces larmes, je voudrais les payer de ma vie :
Et, devant son tombeau pleurant mon abandon,
Tout bas de ce soufflet je demande pardon!

ORGUE DE BARBARIE

ORGUE DE BARBARIE

Une joueuse d'orgue était là, dans la rue ;
Et de joyeux enfants, une bande accourue
S'empressait alentour, et criait, et dansait,
Sans voir que la pauvresse en jouant pâlissait :
Car, tandis qu'un enfant, debout à côté d'elle,
Tendait la main, qu'un autre étreignait sa mamelle,
Dans un berceau fixé sur l'orgue et retenu
Par une vieille corde, un autre, demi-nu,
L'œil clos, la lèvre bleue et les petits bras maigres,
Couché sur l'instrument qui s'égaie en sons aigres,
S'éteignait, ficelé dans des langes pourris !
Il souffrait, il poussait parfois de faibles cris ;
Et la mère étouffait quelque larme nouvelle :
Et toujours l'autre main tournait la manivelle ;
Et la polka stridente, au rythme sautillant,
Succédait à la valse ; et, toujours frétillant,
La troupe des enfants suivait la pauvre femme,
Qui voyait ces teints beaux et frais, la mort dans l'âme.

MONTAGNE A VENDRE

I

Grenoble.

Par-devant maître André, de Gap, parfait notaire,
J'ai failli, l'autre jour, être propriétaire,
Et, maître d'un domaine au prix de vingt louis,
— C'est pour rien ! — j'en plaçais sous tes yeux éblouis
Les titres, avec seings, contre-seings et paraphes,
De quoi faire rêver mes futurs biographes !

J'allais à Briançon jeudi : j'avais quitté
Les bords de la Durance, et m'étais arrêté
Près d'Embrun, pour gagner, en passant, quelque faîte
D'où mon regard pourrait se donner cette fête
De contempler au loin les croupes du Pelvoux.
L'homme qui me guidait m'avait dit : « Voulez-vous
Un beau coup d'œil ? Le temps très clair nous favorise ;
Nous prendrons le sentier qui monte à Vallouise,
Au delà des Vignaux ; là, vous regarderez,
Et, quand vous aurez vu, vous me remercierez !
Vous pouvez prolonger la course commencée
Ou descendre encor, le soir, à la Bessée. »

J'ai toujours eu du goût pour les mauvais chemins.
Quand le pied n'y suffit, tant mieux! j'y mets les mains :
Et j'ai de vieux remords, dont rien ne me délivre,
Pour certaine escalade où tu voulus me suivre.
Donc, nous étions partis, grimpant sans trop d'efforts
Dans les longs éboulis d'un de ces contreforts
Dont les roches, l'hiver, en bruyantes coulées,
S'acharnent sur les buis et courent aux vallées.
Les énormes degrés devant nous s'étageaient,
Et lentement les monts dans l'azur émergeaient :
Amas confus, chaos de dômes et de crêtes,
Pareils aux flots figés d'effroyables tempêtes.
Le sentier serpentait sur un plateau rayé
De fissures, toujours par les vents balayé;
Et bientôt j'aperçus, dans son nimbe de neige,
Le Pelvoux et, plus loin, morne et sombre, la Mèje!

Je ne te décris pas — je l'essaierais en vain! —
Ce grand spectacle où l'âme aspire le divin.
Comme moi, tu connais le langage des cimes;
Et, la main dans la main, souvent, près des abîmes,
Sur les sommets où, las du bruit, nous nous calmons,
Nous avons commenté la genèse des monts !
Les Alpes et la mer évoquent mêmes rêves :
L'infini des sommets vaut l'infini des grèves.

Mon guide cependant, devenu familier,
M'apprit qu'à Saint-Vincent il était hôtelier;

Qu'il avait quelques lots de pentes forestières,
Et, plus haut, des pâtis pour ses vaches laitières,
Où l'enfant qui les mène est cinq mois en exil.
« Je vois que vous aimez les montagnes », dit-il.
Je n'avais pas un air à m'en pouvoir défendre.
« Le Pelvoux, par malheur, monsieur, n'est pas à vendre
Mais, sur la gauche, là, plus près, vous remarquez
Ces rochers dentelés, décharnés, disloqués,
A pic? Ils sont à moi; je pourrai m'en défaire,
Et, pour un prix très doux, nous ferions une affaire.
— Mais il n'y pousse rien! — Non, monsieur, c'est le roc!
Le sol est ce qu'il est, et je vous l'offre en bloc.
Son ossature nue et visible s'étale :
Ne parlons plus ici de terre végétale!
— Par où les gravit-on! — On ne les gravit pas.
Le possesseur, de loin, les regarde d'en bas.
Un pâtre, qui voulut un jour toucher le faîte,
A roulé sur la pente : il s'est fendu la tête!
Nous espérons toujours quelque nouveau grimpeur
Qui tente l'aventure et s'y risque sans peur.
Mais n'importe! Il s'agit d'avoir, sans autre idée,
Une montagne à soi, bien dûment possédée!
S'il venait plus d'Anglais visiter nos hauteurs,
La plus méchante aiguille aurait ses acheteurs,
Et nous vendrions tout! Aux confins de l'Isère,
Avoir une montagne, — et pour une misère!
Pour peu que vous soyez un peintre, un écrivain.
Vous en saurez l'emploi : je suis tranquille! Enfin,
Vrai morceau d'amateur, quartz pur, roche profonde :

Vous en aurez, Monsieur, jusqu'à la fin du monde! »
Comme un coin, son discours entra dans mon esprit,
Et l'éblouissement du vertige me prit.
Mon âme, en un instant, se sentit toute pleine
D'un mépris souverain pour les gens de la plaine,
Bourgeois, fermiers, manants, dont tous les revenus
N'étaient rien, à mes yeux, près de ces pics nus!
Déjà j'étais tout fier de délivrer quittance
Pour un bien qu'on ne peut regarder qu'à distance!
De quel air aurais-tu reçu — cadeau princier! —
Une montagne, avec sa neige et son glacier?
Elle produirait mieux que des fleurettes blanches!
Il en descend, bon an, mal an, vingt avalanches;
Et, si l'on en pouvait exploiter le granit,
Pour bâtir une ville entière elle en fournit!
Nul poète si haut n'aurait eu son domaine,
Ni raillé comme moi la platitude humaine!
Apostrophant déjà ces possesseurs d'en bas,
Je leur criais : « J'aurai ce que vous n'avez pas!
Que me font vos colzas, vos orges et vos seigles?
Vous avez des perdrix dans vos champs? J'ai des aigles!
Chez vous, c'est l'alouette, et, chez moi, le vautour!
L'ours brun monte la garde aux créneaux de ma tour!
Tandis que vous taillez vos petites tonnelles,
J'achète par contrat des neiges éternelles!
Vous n'avez que limons et qu'impurs sédiments :
J'ai du sol vierge encor les premiers fondements!
Pauvres gens, qui vantez vos bois, vos pâturages!
Mes locataires sont les vents et les orages,

Et la nuée obscure où dort le feu du ciel ;
J'ai mon courroux direct et confidentiel ;
Quand la foudre aux échos lancera sa mitraille.
Je saurai que, chez moi, là-haut elle travaille ;
Que ses terribles coups, qui mettent en émoi
Le canton tout entier, sont pour moi, sont à moi !
D'en bas, j'entends sa voix sur les rocs solitaires,
Et, comme au Sinaï, Dieu parle sur mes terres ! »

Faut-il conclure, dis ? — Tout bien examiné,
J'attendrai ta réponse au fond du Dauphiné.

II

RÉPONSE

Paris.

Il faut dans tout terrain la place d'une tente !
Je sais à Bougival un chalet qui me tente.
L'horizon, que l'on touche, expire à Saint-Germain :
Mais on y peut monter par un très bon chemin.

LE DERVICHE

Un jour, — est-ce à Bagdad? — au pays d'Orient,
Une troupe d'enfants avides et criant,
Autour d'un sac de noix trouvé par aventure,
Disputaient, réclamant leur droit sur la capture;
Et, comme toute proie est promise au plus fort,
La lutte s'engagea bientôt, faute d'accord.
La bande, en un instant, ne forma qu'une masse
Qui s'agitait mouvante au centre de la place :
Entassement confus de petits fronts rasés,
De jambes et de bras, l'un sous l'autre écrasés,
De turbans dénoués dont la corde grossière
En serpents allongés roulait dans la poussière!
La bataille était rude, et les coups ni le temps
Ne semblaient attiédir l'ardeur des combattants :
Quand un derviche passe, avec sa barbe blanche,
Soutenant d'un bâton sa vieillesse qui penche,
Tête nue, œil brillant, le dos maigre et voûté,
La besace à l'épaule et la gourde au côté.
Il aperçoit la lutte, il s'approche et gourmande;
Il sépare à la fin les enfants, leur demande

La cause du débat; il l'apprend — et sourit :
« Enfants, aimez la paix, ainsi qu'il est écrit,
Vous combattez à tort, croyez-en mon grand âge!
Voulez-vous que moi-même entre vous je partage
Ces noix, ainsi que Dieu, juste et bon, le ferait,
S'il venait, parmi vous, régler votre intérêt? »
La troupe s'écria : « Nous le voulons, mon père!
Partagez comme Dieu! — Bien, dit-il. Mais j'espère
Que vous accepterez sans vous plaindre de lui,
L'arrêt que je vais rendre en sa place aujourd'hui?
Nul de vous n'en aura l'âme émue et troublée?
— Nous le voulons! » cria de nouveau l'assemblée
Alors, tandis que tous l'entouraient à la fois,
Le bon derviche ouvrit tout grand le sac de noix,
Et gravement, de l'air convaincu des apôtres,
Il donna tout aux uns, ne laissant rien aux autres.

Puis, les yeux vers le ciel, son bâton à la main,
Calme et d'un pas égal, il reprit son chemin.

LE DERVICHE

CI—GIT

POUR LE TOMBEAU D'UN JEUNE HOMME

La jeunesse en sa fleur première;
L'orgueil farouche du devoir;
L'impatience de savoir,
Jugeant courte une vie entière;

Tout ce qui parle de lumière:
Tout ce qui répugne à déchoir;
Tout ce qui peut germer d'espoir :
Nous avons tout mis dans la bière!

Jamais le bien, le vrai, le beau
N'auraient trahi, dans le tombeau,
Une âme à ce point affermie :

Et tu veux, docteur du néant,
Devant ce trou noir et béant,
Que je m'en tienne à ta chimie?

LE VILLAGE

Un village ! — voilà le vingtième peut-être.
C'est le même toujours : on le fait reparaître !
Chacun d'eux est si bien semblable à son voisin,
Qu'on les fixerait tous en trois traits de fusain :
Un fouillis de maisons, de granges, de clôtures ;
Le fin clocher qui pointe au-dessus des toitures ;
La ferme centenaire avec son mur détruit,
Et, le long d'une haie, un chemin creux qui fuit.
Mais le calme est si grand, mais la paix si profonde,
On croit si bien qu'ici cessent les bruits du monde,
Et que nul des soucis, nulle des passions
Qui sont le lourd impôt de nos ambitions,
Ne doit ici troubler, dans son divin mystère,
L'entretien familier de l'homme et de la terre,
Que, malgré le mécompte et le réveil certain,
Je n'ai jamais pu voir un village lointain,
Près des forêts, au flanc d'un mont, au bord d'un fleuve,
Sans rêver d'y renaître avec une âme neuve ;
Sans dire : « Le pays qu'il me faut, l'horizon
Qui me plaît, les voilà ! — j'y voudrais ma maison ! »

L'EAU QUI DORT

I

Au fond du parc, près de l'étang,
Un petit être rose et blanc,
    Dans l'herbe joue;
Couvant des yeux son séraphin,
La mère de baisers sans fin
    Rougit sa joue.

Depuis le matin, sans ennui,
Elle est assise auprès de lui,
    Rêve et l'admire;
L'étouffe en riant sur son sein,
Ou l'incline vers le bassin,
    Pour qu'il s'y mire.

« Regarde, enfant, regarde encor,
Dans le miroir de l'eau qui dort,
    Ce doux visage;
Sais-tu quel est ce front charmant
Qui prête son rayonnement
    Au paysage?

« Vois-tu paraître, en t'approchant,
Du clair azur se détachant,
  La tête blonde?
Pour ternir ce portrait connu,
Il suffirait de ton pied nu
  Effleurant l'onde!

« N'est-ce point un frère jumeau
Qui vient vers toi du fond de l'eau,
  En sens contraire?...
Tiens, penche-toi sur son chemin,
Fais-lui signe, tends-lui la main,
  Au petit frère!

« Quand tu souris, ô mon mignon,
Vois comme ton gai compagnon
  Sourit de même!
Dis-lui qu'il est beau, qu'il est grand,
Que son miroir est enivrant,
  Et que je l'aime!

« Dis-lui que tu veux l'embrasser.
Avec moi tu peux te baisser,
  O cher timide!
« Au revoir frère! » — Il est parti.
Contre ta lèvre as-tu senti
  Sa lèvre humide?... »

Assez, mère, assez de ce jeu !
Aimer ainsi, c'est tenter Dieu !
    Sois grave et prie !
De ces petits il tient les jours :
Je crains pour eux, je crains toujours
    L'idolâtrie !

II.

Où donc est-il, le bien-aimé ?
Pour le repas accoutumé
    L'heure est venue ;
Longeant les gazons écartés,
Elle le sent à ses côtés,
    Et continue....

Pour quel but s'est-il échappé ?
Par quel mystère a-t-il trompé
    Sa vigilance ?
Il était là, dans le jardin,
Jouant autour d'elle. et soudain
    Tout est silence !

Des mille noms que son amour
Inventait pour lui, tour à tour
    Elle l'appelle.
Chaque taillis est visité.
De cet élan précipité
    Où donc court-elle ?

Dans le sentier connu, là-bas,
Elle a trouvé ses petits pas,
    Suivi sa trace :
D'où lui vient ce pressentiment
Qui la traverse un moment
    Et qui la glace?

III

Il a voulu revoir encor,
Dans le miroir de l'eau qui dort,
    Le petit frère ;
Sourire et lui tendre la main,
Le voir venir sur son chemin
    En sens contraire ;

Il a cherché son compagnon,
Penché vers lui son front mignon,
    Sa tête blonde ;
Il veut lui dire des secrets,
Plus près, plus près, toujours plus près
    Dans l'eau profonde ;

Il approche, il va déposer
Sur sa lèvre un nouveau baiser.
    De bouche à bouche
Oh! le froid baiser! c'est la mort
Qui lo lui donne : et l'eau qui dort
    Ferme sa couche!

Ils sont ensemble sous les eaux,
Bercés parmi les verts roseaux,
    Le corps et l'ombre ;
Et la mère, au bord du talus,
Reste assise, et ne quitte plus
    La place sombre ;

Dans le lac aux reflets d'argent,
Miroir insensible et changeant,
    Son œil pénètre :
Et l'effroyable fixité
Cherche pour une éternité
    Le petit être !

VIATIQUE

Si vous voulez chanter, il faut croire d'abord :
Croire au Dieu qui créa le monde et l'harmonie;
Qui, d'un de ses rayons, allume le génie,
Et se révèle à lui dans le plus humble accord :
Si vous voulez chanter, il faut croire d'abord.

Si vous voulez combattre, il faut croire d'abord :
Il faut que le lutteur affirme la justice;
Il faut pour le devoir qu'il s'offre en sacrifice,
Et qu'il soit le plus pur s'il n'est pas le plus fort :
Si vous voulez combattre, il faut croire d'abord.

Si vous voulez aimer, il faut croire d'abord :
Croire à l'âme immortelle, aux amours infinies,
Pour la terre et le ciel également bénies;
Croire au serment sacré qui survit à la mort :
Si vous voulez aimer, il faut croire d'abord.

LA ROCHE QUI TOMBE

Au-dessus de la mer, imprudent riverain,
    Et tout au bord de la falaise,
J'ai choisi, pour te plaire, un arpent de terrain,
    Un coin de calcaire et de glaise :

Champ condamné d'avance à glisser, quelque soir,
    Dans les flots où son pied se noie;
Domaine plus fragile encor que notre espoir,
    Plus éphémère que ma joie!

La cime qui surplombe, à son flanc arrondi,
    Montre au loin de larges blessures,
Et quelques fleurs qu'égaie un rayon de midi
    Ont pris racine en ses fissures.

Au sommet, l'herbe pousse, et l'arbrisseau tremblant
    S'y tord sous la brise plaintive;
Un pêcheur de varech fouille ce sol croulant,
    Et, pour un loyer, le cultive.

Au bas, chaque marée, en frappant le rocher,
     Fait descendre un peu de poussière,
Et, morceau par morceau, la mer vient retrancher
     Un pan de la friable pierre.

Des mottes que l'eau trempe en tombent tout un jour,
     Après la pluie ou la tempête;
L'hiver glacé l'attaque et la fend à son tour,
     Et livre aux flots quelque conquête.

Cinq ans déjà passés, et sans se ralentir,
     L'Océan poursuit son ouvrage,
Combien lui faudra-t-il encor pour engloutir
     Cette falaise et cette plage?

Pour nous reprendre un bien qui décroît sous nos yeux;
     Qui devant nos pas diminue,
Et couvrir tout à coup d'un flot silencieux
     Cette plage heureuse et connue!

Ainsi nous le voulions, bizarres possesseurs;
     Cette instabilité des grèves
Avait pour nos esprits de secrètes douceurs,
     Et s'accordait avec nos rêves!

Oh! viens, promenons-nous dans ce pauvre jardin
     Qui domine écueils et marée!
Laissons le paysan sourire avec dédain!
     Foulons la terre sans durée!

Chaque gravier qui tombe, au gouffre réuni,
    Aux choses saintes nous convie :
Embrassons l'horizon, contemplons l'infini,
    Rompons d'avance avec la vie :

Ici nous nous aimons : ici viendra la mer!
    Nul après nous n'aura la rive;
Nul ne respirera d'ici le sel amer
    Qui d'en bas monte et nous arrive!

Et comme nous passons, ainsi croule à la fois
    Le sol où j'ai planté ma tente!
J'en ai mesuré l'aire à nos destins étroits;
    Il doit suffire à notre attente!

Un jour, lorsque la vague aura fait sourdement
    Son labeur de chaque journée,
Quand, avant nous peut-être, après nous sûrement,
    La falaise sera minée,

Notre petit terrain, disparu sous les flots,
    Sera rendu méconnaissable;
Le flux et le reflux, avec leurs longs sanglots,
    Le rouleront parmi le sable;

Il sera sur la côte un invisible écueil
    Où flotteront les algues vertes;
Les traces de nos pas, sous l'humide cercueil,
    A tout jamais seront couvertes;

Les parcelles de terre où ton cœur est resté
De bord en bord seront poussées,
Et le flot bercera pendant l'éternité
Nos souvenirs et nos pensées!

PAYSAGE

Que de fois je l'ai vu, ce paysage aimé :
Un grand pré, de buissons tout autour enfermé,
Où quelque paysan, farouche et solitaire,
Penche au sol son visage aussi brun que sa terre,
Tandis que le soleil, lui faisant ses adieux,
Semble mettre à son front un baiser radieux ;
Des bandes de gazon, semé de pâquerettes ;
De vieux murs délabrés et moussus, dont les crêtes
Sont un jardin complet fait pour herboriser ;
Un orme où les linots, le soir, viennent jaser ;
Derrière un grand rideau d'arbres, le toit qui fume,
Et, dans l'ombre, un ruisseau déjà noyé de brume.
Où des pêcheurs, le long des saules rabougris,
Rangent aux talus verts leurs petits bateaux gris :
Je crois voir, admirant verdure, onde et visages,
Millet, tes paysans, — Corot, tes paysages !

UN PASSANT

A VICTOR HUGO.

Dire que, dans Paris moderne, il est des gens
Graves, savants, lettrés, sans doute intelligents,
Qui lisent, qui sauront si les choses sont belles,
Qui vantent l'œuvre éclose et n'y sont point rebelles;
Qui remontent les temps et devant le passé
S'inclinent; qui, le front sur la page enfoncé,
Dégagés des lenteurs de la glose pédante,
Vivent avec Homère ou rêvent avec Dante,
Ouvrant, pleins de respect, pour adorer ces dieux,
Leurs livres, Panthéon sublime et radieux;
Qui pensent que c'était une faveur unique,
Sur la terre latine ou la terre hellénique,
D'être contemporains de ces divins esprits;
Que, s'ils avaient pu l'être, ils en sauraient le prix;
Qui, le soir, en fermant le volume, peut-être
Se disent : « Avoir pu les voir et les connaître!
Avoir pu sous le feu de leur regard grandir!
Aux fêtes d'Olympie ou de l'Isthme, applaudir

Pindare ! En se pressant dans l'Angora d'Athènes,
Frôler sous son manteau le bras de Démosthènes !
Avoir pu, saluant Eschyle par son nom,
L'aborder au théâtre, après *Agamemnon* ;
Ou, dans Rome, fendant la foule qui se range,
Emboîter hardiment le pas de Michel-Ange !
Contempler, rencontrant leur œil profond et clair,
Molière après *Tartufe* ou Dante après l'*Enfer !*
Être, dans sa retraite, un voisin de Shakespeare ;
Passer devant son seuil, humer l'air qu'il respire,
Et chercher sur son front, comme un reflet dans l'eau,
Les visions d'*Hamlet* et l'amour d'*Othello !*
Quel rêve ! — Et cependant, stupides que nous sommes,
Ces gens-là, ces rêveurs émus, ces mêmes hommes
Que les noms glorieux troublent d'un même souci,
Maître, ils n'ignorent point que vous êtes ici ;
Ils savent que là-bas, dans la longue avenue,
Ce vieillard homérique à la barbe chenue,
Qui va vers ses devoirs, qui s'avance distrait,
Si simple qu'un enfant joueur l'arrêterait ;
Qui rentre lentement, ayant fait sa journée ;
Que cette face auguste et noble, illuminée
De ses propres rayons, ainsi que d'un soleil,
Que ce passant songeur, aux prophètes pareil,
C'est vous, — c'est toi ! — celui qui sourit et qui tonne ;
L'homme du *Roi s'amuse* et des *Feuilles d'automne* ;
L'homme de *Hernani*, l'homme des *Châtiments*,
Qui, d'applaudissements en applaudissements,
De combats en combats, de victoire en victoire,

Est resté le témoin tranquille de sa gloire?
Ils savent que, toujours puissant et vigoureux,
Tu résumes ton siècle et travailles pour eux;
Et qu'ils pourraient te voir, et qu'ils pourraient t'entendre;
Que l'humble admirateur te trouve doux et tendre;
Que même, un soir d'hiver, il leur serait permis,
Discrets, de se mêler au flot de tes amis,
De tressaillir au son de ta parole grave,
De contempler ces traits dont l'empreinte se grave,
Et de croire, fixant ton visage si beau,
Que tous ces morts fameux ont quitté le tombeau!

O contradiction bizarre, inexplicable!
Molle timidité que ton génie accable,
Et qui n'ose, craignant une telle clarté,
Aborder de trop près ton immortalité!

Et cependant tu vis! Si j'étais à leur place,
J'irais obstinément me poster sur ta trace;
Je saurais les chemins qui te plaisent le mieux;
Furtif, je volerais un éclair de tes yeux;
Où tu devrais passer, je passerais moi-même;
Quand je t'apercevrais, d'un courage suprême,
Courant, j'arriverais vers ta face, imprévu,
Ainsi qu'un maladroit, pour dire : « Je l'ai vu! »

Je l'ai fait. J'ai marché maintes fois dans ton ombre;
Je t'ai vu souriant, je t'ai vu triste et sombre;
J'ai suivi du regard, dans l'aveugle Paris,
Ton profil estompé sous ton grand feutre gris;

J'ai pu franchir le seuil où tu caches ton âme,
Presser ta main qui met dans les mains une flamme,
Et te dire tout haut ce qu'on pense tout bas,
Merci de l'avoir pu : car je n'envierai pas,
— Moi qui suis voyageur aux époques lointaines, —
Les hommes de Florence et les hommes d'Athènes !

1879.

LA VAGUE

Si votre pensée aime les contrastes
Qu'ici-bas Dieu seul a réalisés;
Si vous aimez voir, unis, opposés,
Les petits tableaux et les scènes vastes;

Si vous admirez, rêveur attendri,
Le chalet perdu sur la haute cime;
Si la fleur vous touche au bord de l'abîme,
L'immense glacier près de l'humble abri :

Il est un spectacle où l'âme indécise
D'un extrême à l'autre hésite et se perd :
C'est de contempler, au bord de la mer,
Les petits enfants, quand le flot se brise!

Ils sont là debout, seuls, abandonnés;
La falaise grise à vingt pas se dresse,
Sinistre rempart, morne forteresse,
Où le corbeau fouille à cris obstinés.

LA VAGUE

Devant eux, la mer immense, infinie,
Mêle ses tons verts au sombre horizon;
Son bruit éternel confond leur raison,
Et leur voix s'en va dans cette harmonie!

En nappe de lait le flot ondulant
Arrive à leurs pieds, s'étale et s'épanche,
Fuit sans les toucher, et l'écume blanche
Parmi les galets joue en s'écoulant.

Tout devient plaisir, tout ravit leur âge :
Le crabe égaré qui court sans dessein,
L'algue qui s'arrête au rocher voisin,
La coquille vide abordant la plage.

Ils ont oublié l'heure du repas;
Ils ne songent plus au logis rustique;
Vainement debout, du seuil domestique,
Leur sœur les appelle : ils n'entendent pas!

Ils sont toujours là, rangés sur le sable :
Leur blouse se gonfle au souffle du vent.
Ainsi jusqu'au soir les retient souvent
Un étonnement indéfinissable!

LA CHOSE AILÉE

Le poëte est comme un enfant :
Il aime ce qu'on lui défend,
　　　　Ce qui l'amuse;
Il dit au réel : « A demain! »
Et vous prend le plus long chemin
　　　　Avec la muse.

Entre son rêve et son devoir
Son âme faible et sans pouvoir
　　　　Penche inégale.
S'il a ses loisirs préférés,
Moins paresseuse dans les prés
　　　　Est la cigale.

Il veut des sons et des couleurs;
Il a des cris, il a des pleurs
　　　　Et des colères;
Mais ses fureurs d'enfant gâté,
Comme les orages d'été,
　　　　Sont passagères.

Qui sait, quand il rêve, sans bruit,
Ce qu'il change, ce qu'il détruit
     Et ce qu'il fonde?
Il fait au bon Dieu la leçon,
Et vous arrange, à sa façon,
     Un autre monde!

La richesse a pu le tenter,
Mais il faut, pour le contenter,
     Si peu de chose!
Son pauvre esprit aventureux
A beau gémir : il est heureux
     Pour une rose.

Il chante, et le monde est son bien;
Mais, pour chanter, une ombre, un rien
     Va lui suffire.
Il aime, et ce cœur affamé
Ne demande au visage aimé
     Que son sourire.

Et, s'il voit pleurer un passant,
Femme, vieillard, adolescent,
     — Faiblesse ou charme, —
Oubliant la gloire et l'amour,
Il sera triste tout un jour
     Pour cette larme.

Sa gaîté n'est qu'un vague éclair,
Et, comme la fusée en l'air,
　　Elle retombe.
Fidèle au deuil de tous les siens,
Il a de sombres entretiens
　　Avec la tombe.

Un mal sans nom trouble son cœur;
Même il donne au bon sens moqueur
　　La comédie.
Il faut plaindre, il faut souffrir,
Sans espérer de la guérir,
　　Sa maladie.

Est-ce un remords qui le poursuit?
A-t-il dans l'ombre de la nuit,
　　Commis un crime?
Non : mais son cerveau tourmenté,
Pour la tristesse ou la gaîté,
　　Cherche une rime!

Le livre qu'il voudrait finir,
Il le consacre au souvenir
　　De chaque année;
Les yeux mouillés, les doigts tremblants
Il pose entre les feuillets blancs
　　La fleur fanée.

Il veut laisser à ses amis
Tous les secrets qu'il aura mis
　　De page en page;
Il prend la plume, il est tout feu,
Plus de paresse! Il a fait vœu
　　D'être enfin sage;

Il fera vivre dans ses vers
Ce petit coin de l'univers
　　Qu'il leur dévoile;
Au travail qu'il a consenti :
Vous le croyez?... Il est parti
　　Pour une étoile!

LA LETTRE

La lettre qui m'arrive est de noir entourée :
Elle annonce la mort, et j'hésite à l'ouvrir.
Mon âme n'est jamais tranquille et rassurée
A cette voix qui dit : « Quelqu'un vient de mourir! »

Ami, vieillard, enfant, fille ou femme adorée,
Quel est le corps glacé qu'un marbre va couvrir?
Sous quel toit la douleur est-elle encore entrée?
Qui va porter le deuil, et quels cœurs vont souffrir?

Je devrais le savoir : mais l'heure est trop remplie.
De délais en délais, l'âme en soi se replie :
On remettait hier, on oublie aujourd'hui!

A l'ami de vingt ans on ajourne un sourire;
Et la lettre du mort, un matin, vient vous dire :
« Vous ne le verrez plus jamais!... Priez pour lui! »

L'AVEUGLE

(1852)

Sur un des ponts de la Cité,
Où coule à flots la foule active,
Est assis, hiver comme été,
Un vieillard à mine chétive,

Je l'aperçois sur mon chemin,
Par le vent, la pluie ou la neige :
Un flageolet est dans sa main ;
Un auvent de cuir le protège.

Il est aveugle : son regard,
Scellé sous ses paupières closes,
N'est même plus cet œil hagard,
Qui semble encor chercher les choses.

Son âme est, comme en un tombeau,
Dans des profondeurs enfouie ;
Jamais par la splendeur du beau,
Sa face ne fut éblouie ;

L'enfant qui s'arrête à le voir
A son soleil ne fait point d'ombre ;
Pour lui, le monde, c'est du noir,
Comme au naufragé la mer sombre.

Ni reflet vague, ni lueur :
A fond de cale est sa pensée ;
Rien que le jour intérieur
Pour éclairer la traversée !

Impassible sous son abri,
Il promène ses longs doigts maigres,
Et, de loin, son air favori
M'arrive à l'oreille en sons aigres.

Cet air autrefois m'a bercé :
La simplicité m'en est chère ;
Mais qu'il est triste, ainsi faussé !
C'est : « Que ne suis-je la fougère ! »

Pauvre vieillard, aveugle-né,
Comprends-tu ta chanson naïve,
Toi dont jamais l'œil étonné
N'a vu forêt, campagne ou rive ?

« Que ne suis-je !... » Ah ! tu ferais mieux
D'être le brin d'herbe qui pousse,
Ou bien l'insecte au vol joyeux
Qui vient s'ébattre dans la mousse !

Pour toi, la nature est un mot
Plein de promesse et de mystère :
L'ombre et la nuit, voilà ton lot;
Dans ta prison, dors solitaire!

Parfois ton aspect m'a rempli
D'inquiétude et d'épouvante;
Je n'ai pu te couvrir d'oubli,
Sphinx de chair, énigme vivante!

Sur ce pont j'ai passé souvent,
Depuis ma lointaine jeunesse,
Hâtant le pas ou bien rêvant
Dans la joie ou dans la tristesse :

J'y passai, fier de mes vingt ans,
Qui me parlaient d'indépendance,
Jours de folie, heureux instants,
Qui me font sourire à distance;

J'y passai le jour où la mort,
Ami, dans mon cœur fit un vide,
Quand je suivais avec effort
Ce char qui t'emportait livide!

J'y passai quand la liberté
Secoua mon indifférence;
Quand chaque jour eut emporté
Un lambeau de notre espérance;

L'AVEUGLE

Quand Paris pleurait ses enfants,
Quand les pavés, à peine en place,
Montraient aux frères triomphants
Le sang dont ils gardaient la trace;

Quand je vis mendier au loin
Ces proscrits jouant aux apôtres,
Et sous mes yeux, morne témoin,
Monter les uns, tomber les autres;

J'y passai lorsque, dans mon cœur
Le doute amer venant à naître,
D'un premier sourire moqueur
J'insultai l'homme, et Dieu peut-être!

Et j'ai trouvé, toujours assis
Contre le parapet de pierre,
L'aveugle au sourire indécis,
Le prisonnier de sa paupière!

Sans un tremblement dans le son,
Sans un effort sur le visage,
Il jouait sa même chanson,
Faussant l'air au même passage!

Plaisirs ou larmes, passions,
Tout ce qui ravit ou torture,
Rumeurs des révolutions,
Démagogie ou dictature :

Qu'importe à lui ce qui déplaît
Ou rit à la foule légère!
Il rêve, et puis son flageolet
Dit : « Que ne suis-je la fougère! »

NAÏVETÉ

Ma mère un jour me dit : « Ami, quand viendra l'âge
Où tu seras plus grand, plus libre et plus savant,
Dis qu'avec moi ton cœur ne sera pas volage,
Et que vous m'aimerez encor, méchant enfant !

« Dis-moi, répète-moi que ces chères caresses
Je ne les perdrai pas quand vous aurez vingt ans ;
Que ta tendresse, en lutte avec d'autres tendresses,
Ne fondra pas, ainsi que la neige au printemps !

« Oh ! ne fais pas de moi la vieille délaissée
Qu'on oublie au milieu des jeunes entretiens !
Oh ! partageons toujours dans la même pensée,
Toi, mes pauvres secrets, mon fils, et moi les tiens ! »

Moi, j'étais jeune alors, ignorant et candide,
Et je lui dis : « Peux-tu douter ainsi de moi ?
N'es-tu pas à jamais mon bon ange et mon guide ?
Qui donc pourra venir que j'aime plus que toi ?

« Est-il plus doux regards que je doive connaître?
Un souris sur le tien pourra-t-il l'emporter?
Comment un autre amour dans mon cœur peut-il naître?
Je n'y sens qu'une place, et tu dois y rester!

« Non, je ne comprends pas tes paroles amères,
Et d'autres que souvent tu murmures tout bas,
Mère, se pourrait-il que j'eusse un jour deux mères? »
Pensive, elle sourit, et ne répondit pas.

LA PRIÈRE

Un soir, — j'étais enfant, — on priait en famille.
Nous étions réunis, grands-parents, fils et fille,
Et je tenais ma Bible, et je lisais comme eux,
Sous la pâle lueur des vieux flambeaux fumeux.
Un de ces lourds sommeils, que la chaleur propage,
Faisait pencher les fronts engourdis sur la page,
Et, des jeunes aux vieux, tous s'inclinaient domptés.
Et je dis à mon père, assis à mes côtés :
« Vois comme ils dorment! Seul, avec toi, je suis brave! »

Et je l'entends encor répondre d'un ton grave :
« L'indulgence, mon fils, est la grande vertu.
Si vraiment tu priais, comment les verrais-tu? »

LES DEUX AMES

I

Dans le ciel habitaient deux âmes,
Deux âmes de petits enfants,
Qui voltigeaient comme ces flammes
Que les marais livrent aux vents :

Êtres divins, tous deux semblables
Par l'innocence et la beauté,
Voyant des choses ineffables
Aux secrets de l'éternité.

Avec l'impatient coup d'aile
D'oiseaux qui désertent leurs nids,
Fiers de leur liberté nouvelle,
Ils parcouraient des infinis!

Ils allaient d'étoile en étoile,
Fendaient l'azur d'un même essor;
Et, comme en mer fuit une voile,
Voyaient s'enfuir les astres d'or!

Tout autour, masses vagabondes
Où s'égare notre raison,
Voguaient, par flottilles, les mondes,
Dans l'océan sans horizon.

Variant leur course nocturne,
Ils sondaient l'impalpable éther,
Allant des anneaux de Saturne
Aux aurores de Jupiter;

Ils volaient des splendeurs à l'ombre,
Des nuits pâles aux jours vermeils,
Ils s'amusaient d'erreurs sans nombre
A vouloir compter les soleils!

Dans ces poussières lumineuses,
Dans ces abîmes de clarté
Où blanchissaient les nébuleuses
Qui brillent pour les soirs d'été,

Ils écoutaient les harmonies
Que les globes font dans leur cours;
S'attristaient sur les agonies
Des mondes éteints pour toujours.

Parfois, approchant de la terre,
Émus d'un indicible effroi,
Ils plaignaient l'astre solitaire
Dans son atmosphère froid;

Ou bien ils suivaient la traînée
Des comètes aux crins de feu ;
Et, de la route illuminée,
Envoyaient un sourire à Dieu !

II

Un jour, Dieu dit : « L'heure est venue ;
Un sein mortel doit vous nourrir !
Sur terre toute âme est tenue
D'aller renaître pour mourir ! »

Aussitôt les deux frêles âmes,
Dociles aux célestes lois,
Dans le sein tremblant de deux femmes
Lors descendirent à la fois.

L'une était une jeune reine
Qui, souriant à chaque pas,
Gravissait, superbe et sereine,
Un des beaux trônes d'ici-bas !

Le peuple attendait le doux être ;
Le canon, de sa grosse voix,
Annonça qu'il venait de naître
Un enfant héritier des rois !

Un palais devint sa demeure;
On s'écrasait pour l'entrevoir;
Et le poète chanta l'heure
Qui vit éclore tant d'espoir!

Et l'or, la dentelle, la soie,
Charmaient ses yeux à peine ouverts;
On mit dans son berceau la joie,
Et dans ses rêves l'univers!

III

Et, par un étrange partage,
L'autre mère avait pour abri
Les murs nus d'un sixième étage,
Où l'enfant fit son premier cri;

Il tomba du pays des anges
Au plus sombre toit des vivants :
La charité marqua ses langes,
Et l'admit parmi ses enfants;

Un sein flétri reçut sa bouche,
Des pleurs coulaient sur son sommeil,
Un dur oreiller fut sa couche,
Un amer baiser son réveil :

Dans le berceau qu'elle balance,
L'œil fixe et le cœur attristé,
La pâle mère a vu d'avance
La misère et l'obscurité !

Puis, quand chaque âme fut née,
Dieu mit un voile à son passé :
— Et c'est alors, ô destinée,
Que ton mystère a commencé !

LES CONDOLÉANCES DE BEETHOVEN

A MADAME JULES SIMON.

La noble veuve avait perdu sa fille unique,
Et, dans la maison morne, — oh! la mort est inique! —
Sans pouvoir s'arracher de la chambre, elle avait
Choisi, pour y pleurer, l'étroit et blanc chevet :
Baisant la place où fut le visage adorable,
Elle y laissait saigner sa blessure incurable;
Et bien des visiteurs, après les premiers jours,
Venaient la fatiguer du stérile discours
Que le sage tient prêt pour la douleur trop forte.
Les indifférents même avaient franchi sa porte.

Mais lui, le vieil ami, — Beethoven, — ne vient pas!
Il n'aurait qu'à monter et faire quelques pas :
La veuve est sa voisine : elle espère, sans doute,
Sa visite, et lui seul s'attarde et la redoute!
De quel air aborder ce désespoir? Comment
Affronter ce délire ou cet accablement?
Le grand homme a des peurs d'enfant; il se demande
S'il n'aura pas aussi de ces pleurs de commande;

Si ce n'est pas mentir et trahir l'amitié,
De n'avoir pour ce deuil qu'un masque de pitié,

Un soir, il se décide enfin. Sa triste amie,
Dans l'ombre, est accoudée au lit, comme endormie;
Mais rien qu'au pas léger, se retournant vers lui,
Elle rouvre les yeux d'où le sommeil a fui,
Et son regard navré dit toute sa détresse.
Et lui, troublé, le cœur débordant de tendresse,
Il est là, devant elle, immobile; il voudrait
Trouver, — et ne peut pas, — le mot qui répondrait
Au découragement de ce coup d'œil farouche,
Et les sons étranglés se sèchent dans sa bouche;
Il voudrait s'approcher au moins : l'effort est vain!

Mais là, tout près de lui, là, presque sous sa main,
— Comme une voix d'en haut, pour les larmes humaines, —
Le piano, fermé depuis tant de semaines,
L'attire : il le contemple, et muet, d'un pas lent,
S'avance sans lever les yeux, l'ouvre en tremblant,
Et s'assied. Son amie, un instant étonnée,
A tout compris : déjà son âme est enchaînée;
Devant la majesté du génie, — elle attend.

C'est, d'abord, un prélude indécis et flottant,
Une lueur qui sort de la nuit ténébreuse,
Un aurore de sons, légère et vaporeuse,
Dans les tonalités limpides du bonheur.
Est-ce en ut, en sol, en majeur, en mineur?

Qu'importe! les accords disaient l'aube croissante,
Et la clarté vermeille toujours grandissante
Où semblaient se jouer, avec le demi-jour,
Les ondulations du rêve et de l'amour :
Car c'était une enfant qui naissait, un doux ange!

O vous qui connaissez, qui goûtez sans mélange
Les chefs-d'œuvre du maître et les nommez tout bas,
Vous devinez ce que les mots ne rendent pas,
Ce que seul il pouvait traduire, ce qui chante
Dans cette éclosion de faiblesse touchante,
Sous les doigts du naïf et puissant créateur :
Caresses, jeux charmants, sourire protecteur,
Ineffable tableau de vierge en son enfance,
Soins maternels, sommeil que l'on berce, défense
Inquiète, réveil innocent près du sein,
— Tout revit aux accents émus du clavecin!

Oui, c'était là ta part alors, ô jeune mère,
Comme il sait raconter ta joie — et ta chimère!
Comme à ces souvenirs ton cœur a tressailli!
Maintenant, l'harmonie éclatante a jailli :
L'enfant s'est transformée en chaste jeune fille;
C'est la grâce qui naît, c'est la beauté qui brille.
Pour fêter ce printemps en fleurs, cet avenir,
Tous les gazouillements d'oiseaux semblent s'unir;
Et, sous les trilles d'or, l'espérance hardie
S'envole en une large et franche mélodie,
Qui promet le bonheur et triomphe en chantant!

Le son devient lumière! et la mère écoutant
Sourit presque. — Et pourtant, monotone et tenace,
Un accord redoublé, sourd et plein de menace,
Toujours plus effaré, toujours plus douloureux,
Comme une obsession, trouble ces chants heureux,
Et prolonge sa note étrange et solitaire....
Et, tout à coup, la voix de l'instrument s'altère
Et s'assombrit; le ciel radieux s'est voilé;
Dans un adagio plaintif et désolé,
La nature gémit et souffre; l'âme entière
Se révolte au brutal assaut de la matière.
A cette volonté qu'on ne peut attendrir,
A cette voix d'enfant qui ne veut pas mourir!
Pour rendre, en ses horreurs, la force dissolvante,
Le clavier tourmenté n'est qu'une mer mouvante
Où roulent tour à tour les vagues s'obstinant.
Quel concert irrité, lugubre, dissonant,
En modulations stridentes et sauvages,
Semble apporter l'écho d'invisibles rivages!
Les gammes en fureur amoncellent leurs flots!
Ah! pauvre, pauvre mère, entends-tu tes sanglots,
Tes cris désespérés et tes mourantes plaintes?
On croirait que les sons vont rendre les étreintes
Du mal, et que le rythme enfiévré veut lutter,
Et qu'un orchestre entier s'apprête à résister!
Le songeur, absorbé dans son rêve, s'oublie;
La phrase musicale ou s'emporte, ou supplie,
Ou s'enfonce, éperdue, aux horizons lointains;
Et la fugue s'acharne aux secrets des destins!

Dans cette chambre en deuil, l'impétueux génie
Épuise, sans compter, ses trésors d'harmonie;
Et, tandis que pâlit et s'use le flambeau,
Avec un glas final il scelle le tombeau.
Adieu!... Le vide est fait; adieu!... L'âme est partie!
Son grand front s'est penché, sa main s'est ralentie :
Une note, — un silence; une note, — la mort.

Mais soudain, dans la nuit cette note qui dort
Se réveille, et du fond de cet obscur silence, —
Ainsi qu'un blanc rayon du matin qui s'élance,
Et rend à l'univers ébloui sa clarté, —
Un chant s'élève, un chant de suavité
Que ne connut jamais une oreille mortelle.
Qui donc parlait d'adieu? La mort où donc est-elle?...
Ah! réveil lumineux et tendre! Chant divin
D'allégresse, où l'espoir s'épanouit enfin!
La gamme affirme et croit; le son prouve et console.
C'est le calme, et la paix, et la grande parole,
Et le concert sacré qui ravit les élus.
Femme, ne maudis plus! Mère, ne pleure plus!
Ce que la tombe enferme est néant et poussière :
Entends-tu l'âme fuir de sa larve grossière?...
Sous ses doigts enflammés entr'ouvrant le ciel bleu,
Le sublime inspiré la conduit jusqu'à Dieu!

Cette fois, tout est dit. L'ardente symphonie
S'achève, en des dessins de douceur infinie,
Sur un dernier accord — qui s'éteint aussitôt....

Alors Beethoven, grave et sans dire un seul mot,

Osant tourner à peine un regard sur la femme,

Dont il avait sondé la plaie, et pansé l'âme,

Et traduit les douleurs qui lui gonflaient le sein,

Se leva, doucement ferma le clavecin ;

D'une étreinte, pressa la main vers lui tendue ;

Puis, — laissant cette mère à ses chants suspendue,

Ivre du ciel, l'esprit dans le monde inconnu,

— Il disparut sans bruit, comme il était venu.

LES NUAGES

— Que voyez-vous dans ces nuages
Que vous vous montrez de la main,
Petits enfants aux frais visages,
Assis sur le bord du chemin?
L'astre couchant qui se balance,
Rouge sous un ciel orageux,
Pour étonner votre ignorance
Semble multiplier ses jeux!

— Dans un jardin plein de merveilles,
Nous voyons, comme en un décor,
Courir sur des routes vermeilles,
En longues files, des chars d'or.
Un lac de feu que le vent plisse
Baigne des pelouses d'argent;
Un dragon monstrueux y glisse;
Et disparaît en s'y plongeant.

— Que voyez-vous dans ces nuages,
Jeunes filles au doux regard?...
— Nous y voyons d'épais ombrages
Pour rêver, le soir, à l'écart;

Puis des lustres d'or sur nos têtes,
Des miroirs pour notre beauté,
Et, pour d'incomparables fêtes,
Les feux d'un palais enchanté!

— Que voyez-vous dans ces nuages,
Jeunes gens qui luttez là-bas?
— Nous y voyons des paysages
Pour la guerre et pour les combats!
Nous suivons la rouge fumée
De l'incendie au loin portée;
Nous illustrons de renommée
Ce crépuscule ensanglanté!

— Que voyez-vous dans ces nuages,
Travailleurs au front soucieux?
— Nous y voyons de vastes plages,
D'autres terres et d'autres cieux;
Un sol où la liberté sainte
Couronne un peuple jeune et fort;
Où l'humanité peut sans crainte
Jeter l'ancre et bénir le port!

— Que voyez-vous dans ces nuages,
Docteurs qui lisez couramment
Et feuilletez toutes les pages
Au grand livre du firmament?
— Dans ces figures passagères
Notre œil rapide et dédaigneux

Ne voit que des vapeurs légères
Où joue un rayon lumineux ?

— Que voyez-vous dans ces nuages
Déjà plus sombres et plus lourds,
Vieillards qui pensez être sages
Au pâle déclin de vos jours ?
Sous cette brume ténébreuse
Où le soleil s'est éclipsé,
De quelle image vaporeuse
Votre songe s'est-il bercé ?

— Nous y voyons un autre monde
Qui s'ouvre à l'âme après la mort ;
Un océan que l'esprit sonde,
Mais dont il cherche en vain le bord ;
Un dernier voile qui dérobe
A notre regard attristé
L'obscur voyage de ce globe
Sur les flots de l'éternité !

O jeux mouvants de l'atmosphère !
Spectacle bizarre et profond,
Où chacun lit ce qu'il préfère,
Où tout se heurte et se confond,
Jardin, palais, lointaine grève,
Ombre morne, rayonnement :
Où chaque âge trouve son rêve,
Et chaque âme son aliment !

COUP D'AILE

Je connais ton secret : tu souffres de la honte ;
Tu n'oses relever ton orgueil abattu ;
Et dans son désespoir ta faiblesse trop prompte
Repousse un repentir ami de la vertu.

De tant de jours troublés, hélas ! faisons le compte,
Tu signes ta défaite, tu n'as point combattu !
Tu portes dans ton cœur la flamme qui remonte :
Il faut la rallumer ! Tu le dois : le veux-tu ?

L'écume a pu salir les flots de la vendange ;
L'hirondelle en passant a pu toucher la fange,
Mais secoue au soleil son plumage soyeux !

Courage seulement ! fais un battement d'aile :
L'âme reprend son vol dès qu'on revit par elle,
Et son nouvel essor peut la conduire aux cieux.

MYTHOLOGIE

La chambre sous les toits était petite et sombre,
Et racontait aux yeux tout un passé de maux.
On voyait près du mur, face à face, dans l'ombre,
Sous leurs rideaux à fleurs deux pauvres lits jumeaux.

Près des meubles flétris, reliques d'un autre âge,
S'étalaient au hasard, sur le marbre ou le bois,
Quelques vieux souvenirs, épaves d'un naufrage,
Cristaux jadis entiers, bouquets frais autrefois.

Deux pastels suspendus aux tentures fanées
Dans leurs cadres ternis souriaient tristement :
Jeune homme dans l'éclat de ses vertes années,
Jeune blonde poudrée au visage charmant!

On avait couché là, dans l'étroite demeure,
Deux ombres, deux vieillards, la femme et le mari;
Tous deux, le même jour et presque à la même heure,
Avaient senti la mort : tous deux avaient souri!

Rien n'avait séparé leur cœur ni leur fortune,
Durant la longue route et les soucis pesants ;
Ils avaient, dépassant la mesure commune,
Elle soixante-seize, et lui quatre-vingts ans.

Ils étaient sans amis, sans enfants, sans un être
Qui fût par leurs regards doucement caressé :
Hélas! qui vit longtemps voit beaucoup disparaître!
Les destins avaient tout repris ou dispersé

Ils vivaient comme vit la misère cachée,
D'un maigre revenu qui défend de la faim ;
Des choses d'ici-bas dès longtemps détachée,
Leur vieillesse avec joie aspirait à sa fin.

Un seul ennui troublait une amitié si tendre :
Mais ils se dérobaient leur mutuel effroi ;
Dieu désunirait-il, avant de les reprendre,
Ce couple d'amoureux qui n'ont plus que leur foi?

Pas à pas cependant ils achevaient leur route;
L'un sur l'autre appuyés on les voyait venir,
S'affaiblissant tous deux sous l'âge qui les voûte,
Échangeant à mi-voix quelque vieux souvenir.

Un matin l'un fléchit sous la suprême étreinte;
L'autre du même coup, fut frappée à l'instant :
On les coucha tous deux. Sans surprise et sans plainte,
Ils saluaient ce jour, — heureux et le fêtant!

Leurs âmes pour partir sont déjà confondues;
Un calme plus qu'humain sur leurs vieux fronts se lit;
Les yeux cherchant les yeux, les mains de loin tendues,
Ils causent doucement de l'un à l'autre lit.

« Ami, te souviens-tu de ce temps, disait-elle,
Où, lisant avec toi les antiques récits,
Jalouse de t'aimer d'une amour immortelle,
J'enviais, en pleurant, Philémon et Baucis?

« O Dieu bon! disions-nous, qu'à notre heure dernière
« Nous puissions l'un et l'autre échanger un regard!
« Ne nous sépare point! — C'était notre prière. —
« Prends-nous, jeunes ou vieux, mais unis au départ! »

« Le ciel nous fera-t-il cette grâce divine?
Un nuage s'étend sur mon regard troublé :
Est-ce déjà la mort qui glace ma poitrine?
Que sens-tu? Notre vœu va-t-il être comblé?

— Ce que je sens? dit-il, un sommeil, une ivresse,
Une étrange torpeur que je n'éprouvais pas.
Un poids semble monter à mon sein qu'il oppresse,
Et vers toi vainement je veux tendre mes bras! »

Pourtant ce n'était pas le tilleul ou le chêne
Dont l'écorce croissante étouffait leurs efforts;
Ce qu'ils sentaient ainsi, c'était la fin prochaine,
C'était le froid mortel qui glissait dans leurs corps!

Leur âme seule entrait dans sa métamorphose :
Point de temple pour eux, de pèlerins ravis!
L'indigence et l'oubli pour toute apothéose,
Et la mansarde obscure, hélas! pour tout parvis!

Un silence se fit dans la chambre paisible,
D'où tout soin de la terre était déjà banni.
Calmes, et se penchant vers le monde invisible,
Tous deux se recueillaient au seuil de l'infini.

Comme le flot qui meurt sur la plage déserte
Accoutume l'oreille à son bruit familier,
On entendait sortir de leur lèvre entr'ouverte
Leur haleine plus lente au souffle régulier.

Une fois seulement ils s'éveillent encore;
Elle dit : « A bientôt! » Il murmure : « Au revoir! »
Une vieille voisine, humble âme qui s'ignore,
Taciturne témoin, les veilla jusqu'au soir.

Dormez en paix, vieillards! plus d'un cœur vous envie,
Vous qu'un même instant couche en un double linceul!
Vous n'aurez pas connu les tourments de la vie :
Survivre à ce qu'on aime, et se retrouver seul!

LES ABANDONNÉS

Je ne sais rien qui soit plus triste
Que ces vieux tombeaux délaissés,
Où jamais ne vient le fleuriste,
Et que la mousse a tapissés.

Ailleurs, le buis correct s'étale
Autour d'un parterre de fleurs;
On a lessivé chaque dalle,
Renoirci l'épitaphe en pleurs;

Témoignant d'un culte fidèle
Pour l'âme de celui qui dort,
A tous les angles, l'immortelle
Rajeunit ses couronnes d'or;

Le râteau dans l'étroite allée
Fait ses hachures au gravier :
Et c'est un charmant mausolée
Que tout vivant doit envier.

Ici, la grille en fer rouillée,
Oblique sur ses pieds boiteux,
Encadre une pierre écaillée
Où s'émiette un *Ci-gît* douteux.

Sous le lichen gris qui dévore
Les derniers secrets du passé,
A peine l'on déchiffre encore
Quelque nom bientôt effacé;

Fuyant les tombes contiguës
Où sommeille un hôte nouveau,
Les chardons mêlés aux ciguës
Poussent aux fentes du caveau;

Les feuilles mortes, manteau sombre,
A quelques pas des gazons verts,
Dans le jardinet qui s'encombre,
Font un fumier tous les hivers;

Et, coiffant une urne qui penche,
Un rouleau de foin pourri
Rappelle la couronne blanche,
Présent d'un cœur endolori!

Qui donc es-tu, pauvre poussière,
O mort qui n'es plus visité,
Être obscur, couché sous la pierre
Où mon pied distrait s'est heurté?

Femme, enfant, fillette ou jeune homme,
Qui que tu sois, qui meurs si bien,
Et dont nul n'interrompt le somme
Par un tendre et long entretien;

Qui me dira tes destinées?
Le temps est long, les deuils sont courts.
On t'a pleuré : combien d'années?
Combien de mois? combien de jours?

Adressant vers toi leur pensée
Qu'emportent des courants subtils,
Ceux qui t'aimaient, cendre glacée,
Peut-être au loin voyagent-ils?

Peut-être n'as-tu plus personne
Pour poser ici les genoux?
Ce que le marbrier maçonne
Dure encor trop longtemps pour nous!

Est-ce l'oubli? l'indifférence?
Et les morts sont-ils condamnés
A connaître cette souffrance
De se sentir abandonnés?

Dans ta tombe déserte et nue
Du moins ma prière descend :
Repose en paix, âme inconnue;
Reçois le salut du passant!

DERNIÈRE STATION

Que les départs sont prompts! Que les retours sont lents!
Comme un char fatigué sur des routes peu sûres,
La machine en travail a des airs somnolents :
Pour la même distance elle a d'autres mesures!

Moi-même je disais à ce train sans pitié :
« Va moins vite! » Aujourd'hui, je lui crie avec rage :
« Hâte-toi! » Je voudrais le mettre de moitié
Dans mon impatience, et presser son ouvrage!

Et, là-bas, sur le quai témoin de nos adieux,
Tous mes aimés, groupés dans une même attente,
Guettant bruits et signaux de l'oreille et des yeux,
Appellent du sifflet la bordée éclatante.

Ah! revenir! Entendre enfin ces bonnes voix,
Dont chaque note parle une langue connue!
Retrouver, — sans que nul y manque cette fois, —
Ces regards où la vie entière est contenue!

S'étonner qu'on ait pu si longtemps supporter
L'ombre que dans le cœur fait la tendresse absente;
Que, sans terreur secrète, on ose se quitter,
Et que la volonté, même un jour, y consente!

Ah! sauter du wagon, plus vif qu'un écolier!
Adorer le logis si petit qu'il paraisse!
Déboucler la valise au foyer familier!
Même aux meubles muets demander leur caresse!

Aux pays du Soleil préférer les hivers;
Les verdures de laine, aux vastes paysages!
Et, dans le vieux fauteuil, près des livres ouverts,
Goûter le grand repos qui suit les longs voyages!

Comme il faut peu de place au bonheur! On est loin,
On a gravi des monts, on a foulé des grèves;
Puis, on n'a qu'un désir : revoir le petit coin
Où l'on a mis à part le meilleur de ses rêves!

« Paris! » — Les lourds wagons se vident à la fois,
Comme un essaim qui sort d'alvéoles en ligne
Chacun cherche les siens des yeux, et leur fait signe
A quoi bon regarder?... Je vous sens... — je vous vois!

LANGUES VIVANTES

A MES NIÈCES LOUISE ET MARIE.

Cinq ans, l'aînée, et trois, la sœur :
Louise fait la demoiselle,
S'érige en grave professeur,
Et doctement marque son zèle :
Français, allemand, chaque jour
L'une enseigne, l'autre profite.
Les mots sont traduits tour à tour :
« Oui, oui! — Ja, ja! » dit la petite.

Pour la poupée et son trousseau
Que de merveilles réunies!
Mousseline autour du berceau,
Robes de dentelle garnies!
Ce sont des cris, ce sont des jeux!
Louise commande et s'agite;
Marie ouvre ses grands yeux bleus :
« Beau! Beau! — Schœn! schœn! » dit la petite.

Puis, la dînette et ses douceurs
Leur font négliger la poupée :
On sert le menu des deux sœurs;
La tartelette est découpée.

On mord aux morceaux prestement ;
On se dispute et l'on s'invite,
Mais sans omettre l'allemand :
« Bon ! bon ! — Gut ! gut ! » dit la petite.

Par le ciel clair, il faut sortir :
O mes amours, que l'on s'apprête !
Pour le Bois nous allons partir.
Toutes deux s'en font une fête.
Louise dit : « Une heure et quart !
Allons, Marie, allons, viens vite !
Vas-tu retarder le départ ?
Vite ! — Schnell ! schnell ! » dit la petite.

Il pleut : on rentre à la maison,
Et Marie a l'humeur méchante ;
Louise veut parler raison,
Mais n'est pas toujours indulgente.
Tout mécompte devient ennui ;
L'une pleure et l'autre s'irrite :
« Allons ! soyez sage aujourd'hui !
— Morgen ! Morgen ! » dit la petite.

CONSEIL

Voulez-vous ne jamais connaître, jour ni nuit,
L'horrible compagnon qu'on appelle l'ennui,
Et, si vous êtes seul, sans qu'un second vous aime,
Goûter un tête-à-tête ardent avec vous-même?
Cherchez et choisissez, dans les biens d'ici-bas,
Un lot que les heureux ne vous disputent pas :
Adoptez pour enfant quelque vaillante idée
Dont votre volonté, sans fin, soit obsédée;
Quelque tâche féconde où s'acharne l'esprit;
Un poème qu'on rêve avant qu'on l'ait écrit;
Un foyer toujours vif dont on souffle la flamme;
Un amour plus profond que celui de la femme;
Quelque problème obscur, terrible et généreux,
Dont les hommes riront, mais qu'on résout pour eux!
Suivez — que votre esprit se réveille ou s'endorme —
L'humble linéament de l'œuvre encore informe;
Ébauché vaguement dans les plis du cerveau,
Nourrissez du meilleur de vous l'être nouveau;
Dans l'ombre et le secret, fournissant la substance,
Mystérieusement donnez-lui l'existence,

Et voyez-le grandir dans le livre naissant
Que vous couvez déjà d'un regard caressant!
Et puis vivez! Les bois, les champs, la solitude,
Ou la ville, et le bruit que fait la multitude,
Et les âpres combats dont le siècle est témoin;
Le froid, la pauvreté qui s'assied dans un coin,
Muette; l'abandon qui tient close la porte;
L'âge qui vient avec son poids de plomb : n'importe!
Tout est beau, tout est bien. Sortez, rentrez! Là-haut,
Sous ce toit radieux, vous avez ce qu'il faut :
Le feu que rien n'éteint, la lumière qui brille,
Les grandes vérités qui font une famille,
Le songe qui remplit les heures sans lasser,
La loi que l'on découvre à force d'y penser,
Les effets d'un fluide établis par un nombre,
Les secrets de l'histoire arrachés de leur ombre,
Le mystère de l'âme entrevu dans les corps,
Le chant sacré dont nul n'a connu les accords;
Tout ce que vous aimez, tout ce qui vous attire;
Ce qui faisait braver autrefois le martyre;
Ce qui donne la gloire ou condamne à l'oubli,
Mais garde la grandeur d'un devoir accompli;
Ce qui, — lorsqu'il faudra, vous aussi, disparaître, —
Après ce long effort, vous laissera peut-être
Déçu, mais non troublé, trahi, mais non vaincu :
Et vous pourrez mourir, — et vous aurez vécu.

REQUÊTE

J'ai vu le laboureur, sur la plaine sans fin,
Dans le soir calme et clair ramener sa charrue,
Après avoir semé la route parcourue
Du beau froment doré qui calmera ma faim.

J'ai vu le vigneron, d'un osier souple et fin,
Nouer à l'échalas la pousse déjà drue ;
Sur la pente des monts où le troupeau se rue
J'ai vu le pâtre assis au revers du ravin.

Et tous semblaient me dire : « O toi qui viens des villes,
Ignore-t-on là-bas que les haines civiles
Font à notre repos des réveils douloureux ?

La paix ! La paix ? Pourquoi ces tempêtes lointaines ?
Dis-leur qu'ils feraient mieux, sans tant de phrases vaines,
De travailler pour nous — qui travaillons pour eux ! »

LE NID

Pour tenir l'enfant la femme est assise :
La nature, tendre en tous ses desseins,
D'avance a marqué la place précise,
Entre les genoux, les bras et les seins :

Doux nid de l'oiseau, dès qu'il vient de naître,
Asile sacré, berceau sans pareil,
Où Dieu prépara pour le petit être,
Auprès du lait pur, le profond sommeil.

Point de gazons fins ni de jeunes mousses :
Les mères ont mieux pour leurs nouveau-nés!
Leurs bras ont trouvé des courbes plus douces.
Que tous nos fauteuils si capitonnés!

Le dormeur est là, souriant et rose :
Un bras le retient, l'autre le défend;
Tandis qu'un regard descend et se pose
Des yeux de la mère au front de l'enfant!

Et cette tendresse, où Dieu se révèle,
Vous la retrouvez la même partout :
Est-on jeune ou vieille, est-on laide ou belle,
L'enfant ne connaît orgueil ni dégoût.

Car toute caresse est pour lui pareille;
Il trouve à qui l'aime assez de beauté :
La plus misérable, alors qu'il s'éveille,
Reçoit son sourire, et l'a mérité!

Qu'importe la bure épaisse et vulgaire,
Ou les plis soyeux couvrant les genoux!
Peut-être à l'enfant, qui n'y songe guère,
Les haillons troués font un lit plus doux!

LA TOMBE DE BRIZEUX

I

Lorient, 1876.

« Dans les flots clairs du Scorff un ciel bleu se reflète,
Pâle et doux, d'un azur qu'aimait le doux poète.
Nos amis sont absents : viens! nous irons sans eux
Saluer aujourd'hui la tombe de Brizeux.
La brume se déchire, et la senteur marine
Dans chaque souffle d'air élargit ma poitrine.
Pour le pèlerinage avec toi projeté,
Il fallait alentour cette sérénité. »

Et nous partons, longeant les grands quais solitaires,
Les carènes à sec, les quartiers militaires,
Et le champ de manœuvre où des soldats poudreux
Reviennent de la cible en devisant entre eux.
Puis, c'est la route, aux toits rustiques où fourmille
Tout un peuple d'enfants; puis un mur, une grille :
C'est là! — Pour la pensée et l'œil, tout est d'accord;
Le paysage est vaste et digne de la mort :
Des tombes, s'alignant dans les longues allées
Désertes, et partout de fin gravier sablées;

Des thuyas, des cyprès, des fleurs, partout des fleurs,
Et les croix où le deuil met un semis de pleurs;
Et, par-dessus des flots de verdure ondulante,
Le port, les arsenaux, la mer houleuse et lente,
Dont on devine au loin le flux et le reflux,
Et qui, berçant ces corps qui ne l'entendent plus,
Fait son bruit éternel près de leur paix profonde.

« La tombe de Brizeux? » — Une fillette blonde
Passait : telle à ses yeux, quand nous l'interrogeons,
Dut se montrer Marie au milieu des ajoncs,
Sous sa coiffe de lin, surprise et rougissante.
« Je ne sais pas! » dit-elle. — A vingt pas se présente
Un marbrier, gravant pour un hôte nouveau
La prose funéraire aux dalles d'un caveau.
Il répéta deux fois le nom, sans le connaître.
Ces deux femmes en deuil nous instruiraient peut-être?...
« Nous ne connaissons pas tous les morts! » répondit
La plus vieille. — O génie! ô rêve! c'est bien dit!
J'étais, en vérité, trop ingénu de croire
Qu'un nom comme le sien remplirait la mémoire
Du plus humble Breton comme du plus savant,
Et qu'un poète mort était un dieu vivant!
Seul, le gardien du lieu sut nous montrer la place,
Dans un coin retiré, d'où le regard embrasse
Le jardin tout entier, la rade et l'horizon,
Que dorait un soleil de l'arrière-saison.
Nous restâmes penchés devant la tombe austère :
Un morceau de granit sur un carré de terre.

II

Je ne sais depuis quand la main du jardinier
Avait fait son travail, ni qui fut le dernier
    A visiter ta chère cendre,
O chantre d'Arzannô, plus pur que le cristal;
Qui, d'un ciseau latin, taillas le houx natal,
    Fils des Bretons, farouche et tendre!

Mais partout, dans le sol, sur les flancs du granit,
Les herbes de hasard, l'ortie et l'aconit,
    La folle avoine et la ciguë,
Le chardon, et la mousse, et le lichen épais,
S'incrustant dans la dalle humide, avaient en paix
    Envahi la grille exiguë.

Voilà donc ce que vaut la gloire à son élu!
Des ronces sur la tombe où je n'aurais voulu,
    Près d'un vieux chêne qu'on révère,
Que rosiers parfumant le petit jardinet,
Ou la bruyère avec la fleur d'or du genêt,
    L'ancolie et la primevère!

Arrachons! Arrachons! Faisons acte de foi!
Que la pierre soit nette et blanche comme toi!
    Tirons le foin vil à poignée!

Et — puisque tes amis sont trop loin du chemin, —
Dût la ronce détruite y repousser demain,
    Purgeons la tombe dédaignée!

Ah! si pour ce devoir, du fond de ton caveau,
Quelque chose de toi montait à mon cerveau!
    Si, pour chacun de ces brins d'herbe,
Un vers digne des tiens pouvait ici fleurir!
Si, docile à ton nom qui ne doit plus mourir,
    J'en emportais toute une gerbe!

Arrachons! Arrachons! — Pourtant, quand tu revins,
Les yeux clos; la Bretagne aimait tes vers divins;
    La France a pleuré sur ta pierre;
Le regret poétique et le discours touchant
Illustraient les adieux : on aurait dit un chant
    Qui se prolongeait en prière!

O Virgile breton, ô cœur simple et discret,
Dont les taillis de chêne ont gardé le secret,
    Grâce aimable aux retours moroses;
Apre et doux comme un fruit sauvage des buissons,
Toi qui, des grands dolmens ayant pris les leçons,
    Connus le sens profond des choses;

Toi qui vécus trop peu, songeur toujours errant,
Et, sans y mélanger ton clair et pur courant,
    Traversas nos flots méphitiques;

En des temps où la Muse a souvent déserté,
Toi qui ne demandas à la postérité
      Que ses couronnes poétiques :

Peut-être aurions-nous pu, sans honte ni remords,
Laisser en liberté sur la terre où tu dors,
      L'herbe des champs comme elle pousse !
Peut-être ils te plaisaient, l'oubli silencieux,
Et la lande arrivant pour te protéger mieux,
      Et ton nom caché sous la mousse :

Pourvu qu'à certains jours un obscur visiteur,
De tes chants saints et forts fidèle adorateur,
      Trouve la tombe délaissée ;
Et, répétant le nom de Marie et le tien,
Fasse, sous le granit témoin de l'entretien,
      Tressaillir ta cendre glacée !

LA DÉPÊCHE

I

Onze heures du matin, en wagon.

Dans mon wagon, assise au coin qui me fait face,
A la gare voisine une femme a pris place,
Avec un jeune enfant auprès d'elle installé :
Un petit être frêle et pâle, étiolé,
De ceux qui sont déjà sur la limite sombre
Où l'aile de la mort les frôle de son ombre.
Oh! quel regard profond, navrant, découragé,
Elle attachait sur lui! Jamais le naufragé,
D'une angoisse pareille et d'un œil aussi morne,
N'a vu fuir une voile au fond du ciel sans borne,
Ni senti sur les flots vide plus effrayant.
Ce qu'elle apercevait, devant elle fuyant,
C'était tout un bonheur entrevu, tout un rêve ;
Dans le rayonnement d'une aube qui se lève,
Un navire idéal sur des flots sans écueil,
Un long sillon d'amour, d'espérance et d'orgueil,
Et, là-bas, le pays enchanté que les mères
Peuplent de leurs enfants, — le pays des chimères!

Le train sur un remblai glissait plus lentement.
Mes yeux erraient au loin, distraits; à tout moment,
La mère regardait son enfant : sa pensée
Restait sur son front blême obstinément fixée.
Le paysage était splendide; l'horizon
Scintillait sous les feux de la chaude saison :
La mère regardait son enfant. La nature
Était riante et belle : il toussait, ô torture !
Et, l'oreille aux aguets, et les yeux vigilants,
La mère commentait ses gestes nonchalants.
Aux rives d'un canal de peupliers plantées,
L'eau calme miroitait en lames argentées;
Et coteaux, et forêts, et vergers, tour à tour,
Couraient dans la lumière éclatante du jour :
La mère, sans rien voir de l'indicible fête,
Regardait son enfant, vivait pour cette tête !

Je ne sais quelle fièvre avait miné ce corps
Qu'elle pressait contre elle, inerte et sans ressorts,
Protégé chaudement par un manteau de laine.
Elle menait son fils à la ville prochaine,
Près de certain docteur en renom, pour tenter
Une chance suprême, et payer sans compter !
Elle lut dans mes yeux ma triste sympathie;
Car l'âme à ces tableaux est vite convertie;
Des larmes d'une mère en vain je me défends :
Puis je songeais à toi, si tendre à ces enfants !
« Connaissez-vous un bon médecin? me dit-elle.

Celui que je vais voir a grosse clientèle :
C'est le dernier espoir, peut-être le salut ! »

Elle me dit le nom. Or le hasard voulut
Que j'eusse, en d'autres temps, servi dans sa carrière
Ce savant, jeune encore, esprit large, âme fière,
De ceux qui, de leur art notant tous les progrès,
Ont à l'âpre nature arraché maints secrets :
La science nouvelle a vu plus d'un prodige !

Sur un carton, je mis deux mots : « Prenez, lui dis-je ;
Voyez-le de ma part ; ayez courage et foi !
Tout ce que l'on peut faire, il le fera pour moi. »
Un éclair traversa cette douleur farouche ;
Jamais plus doux merci ne sortit d'une bouche ;
Elle pressa bien fort le petit mot sans prix ;
Et l'enfant souriait, comme s'il eût compris.
Lorsqu'il fallut quitter le wagon, l'étrangère,
Malgré son cher fardeau, descendit plus légère.
Le flot des voyageurs la saisit ; de mon coin,
Rêveur, le long du quai, je la suivis de loin.

II

Six heures du soir, à l'hôtel.

J'avais presque oublié déjà mon petit drame ;
On vient de m'apporter, à table, un télégramme.
J'avais faim ; le plaisir m'a coupé l'appétit :
« J'ai vu votre cliente, — et réponds du petit ! »

POÉSIES MANUEL.   22

EXCUSE

A UN AMI

Accusez cent fois ma paresse!
Votre amitié n'a rien perdu;
Mais j'ai perdu cette jeunesse
Qui soutenait à bras tendu
    Ce qui l'oppresse!

Travaux, devoirs, tout est plus lourd;
Le bonheur même a son empire.
Le rêve est long, le temps est court!
Et, quand j'ai résolu d'écrire,
    Le soir accourt.

Et j'appartiens aux calmes heures
Qu'un cœur distrait ne connaît pas,
Celles des voix intérieures,
Les plus complètes d'ici-bas,
    Et les meilleures;

J'appartiens au foyer jaloux,
A la lecture en tête à tête,

A tous ces mille riens, si doux
Qu'on bénit Dieu de cette fête.
  A deux genoux;

J'appartiens aux graves pensées,
Au monde vague des esprits,
Aux formes pâles et glacées
Qui, devant mes yeux attendris,
  Flottent bercées;

J'appartiens au problème obscur
Qui s'impose aux fils de la terre :
Douleur, gaîté, ciel sombre ou pur,
Ordre ou désordre volontaire,
  Où rien n'est sûr!

Je sais que des âmes fidèles,
Trois vieux amis, vous le premier,
Autrefois furent mes jumelles :
Et mon souvenir familier
  Vit avec elles!

Mais l'avenir est tout-puissant :
Des amis le destin s'empare,
Et les disperse en les blessant.
Hélas! l'angle qui les sépare
  Va grandissant!

EXCUSE

Vous souvient-il des jours rapides
Où, poursuivant mille projets,
Nous prenions si gaîment pour guides
Les gambades des feux follets,
— Fous intrépides?

Nous nous lisions nos premiers vers;
Nous avions des extases saintes:
Nous mettions le monde à l'envers;
Nous embrassions dans nos étreintes
Tout l'univers!

Nos lettres, hardis radotages,
Épuisaient l'encre et le vélin;
Nous aurions tancé les sept sages,
Et nous n'étions pas à la fin,
Après vingt pages!

L'impossible a fait mon tourment;
Moi, j'ai longtemps cherché ma voie;
Pour m'assurer solidement,
J'ai rejeté tout ce qui ploie,
Tout ce qui ment!

Je me suis dit : « Faut-il m'éprendre
De renommée ou bien d'oubli?
Pour l'étaler et pour le vendre,
Ouvrir mon cœur à chaque pli,
Ou le défendre?

« Faut-il borner mon horizon,
Et ménager un bien qui s'use?
Faut-il m'enivrer de poison?
Ou, plus sage, choisir pour Muse
        Dame Raison? »

Venez, ami, la place est prête :
Qui de nous est le plus sensé?
Vous verrez bien si je regrette
Les convoitises du passé,
        Dans ma retraite.

En paix ma tempe y peut blanchir :
Les bruits du jour, que l'air m'apporte,
Dans mes arbres qu'ils font fléchir,
Viennent gronder jusqu'à ma porte,
        Sans la franchir!

J'ai trois murs, cachés sous le lierre,
Qui devant moi font un décor :
Même un peu d'ombre hospitalière,
Là, ma vie, ainsi qu'un fil d'or,
        Suit sa filière!

Non qu'il manque à ma liberté
Un souffle propice et des ailes;
Non que mon cœur déshérité
Soit des régions éternelles
        Précipité.

EXCUSE

La chèvre n'est point attachée,
Captive autour de son piquet,
N'ayant qu'une herbe desséchée,
Dans le rayon de son banquet
     Bien empêchée!

Non! J'ai l'espace et le festin;
Mon essor vole à toutes choses,
Et s'en retourne avec dédain :
Car j'ai des fleurs toujours écloses
     Dans mon jardin.

Chaque printemps les multiplie;
Nous sommes deux pour les cueillir :
Et que le monde nous oublie!
Si je suis fou, je veux vieillir
     Dans ma folie!

Aux vanités j'ai dit adieu :
J'aime, je songe et je travaille!
L'être n'est bien qu'en son milieu.
Puis, je n'ai rien trouvé qui vaille
     L'amour en Dieu!

J'ai résolu tous les dilemmes;
Je m'examine et me connais :
J'avais rêvé de longs poèmes,
Et je finis par des sonnets,
     — Toujours les mêmes!

LA RIXE

I

Sur le pont d'un vaisseau, pour une bagatelle,
Deux matelots anglais se prirent de querelle.
On fit cercle : aussitôt ces robustes jouteurs,
Demi-nus et pareils aux antiques lutteurs,
Sur leurs puissants jarrets brusquement s'affermissent,
Se mesurent de l'œil, s'embrassent et s'unissent,
Et tous deux, confondus, l'un à l'autre enlacés,
Ne forment plus qu'un corps, — vainqueurs ou terrassés.
D'abord ce n'est qu'un jeu dont la troupe s'amuse :
On applaudit la force, on admire la ruse;
Mais bientôt la colère aveugle les rivaux;
L'ivresse du combat monte à leurs lourds cerveaux
Où le gin a porté la vapeur qui les trouble.
On veut les séparer : leur furie en redouble;
C'est à qui frappera ces coups insidieux
Qui font jaillir le sang de la bouche et des yeux.
Insensés, rugissants, ils écument, se tordent,
Des ongles et des dents se saignent et se mordent :
Des lions au désert, pour un nègre abattu,
D'un plus terrible effort n'ont jamais combattu.

La lutte ainsi durait depuis quelques minutes ;
Ils roulaient, se levaient tout meurtris de leurs chutes,
Quand un coup plus habile et prévu dès longtemps
Atteignit à la tempe un des deux combattants.
On le vit tout à coup pâlir, affreux, livide,
Chercher un point d'appui pour ses bras dans le vide,
S'arrêter un instant, chanceler, se pencher,
Puis tomber de son long sur le sanglant plancher.

II

Or c'étaient deux amis que ce couple de brutes
Qui tentaient, sur un mot, ces effroyables luttes !
Quand l'homme au lourd poignet vit tomber son ami,
Et contempla ce corps immobile et blémi,
La raison lui revint comme au sortir d'un rêve.
Il se dit quelques mots, sombre et d'une voix brève ;
Puis, comme on l'entourait, poussant les matelots,
Il bondit vers le bord et sauta dans les flots.
Il nageait lentement à vingt bras de la poupe,
En criant : « Est-il mort ? » On s'empresse, on se groupe.
Et des jurons ! « Saisis l'amarre ! pousse au bord ! »
Une seconde fois il leur crie : « Est-il mort ? »
On détache un canot, on lâche une bouée.
« Est-il mort ? » hurlait-il d'une voix enrouée.
On ne l'écoute pas ; on veut pêcher ce fou !
Un mousse cependant lui cria tout à coup :
« Il est mort. — Bien ! » dit-il ; et plongeant dans l'abîme,
Il alla devant Dieu retrouver sa victime.

LA RIXE

LA FORGE

L'Allemagne en travail est un laboratoire,
Où l'alambic à froid distille la raison.
L'Angleterre, marché du monde, à l'horizon
Voit fuir de ses vaisseaux la banderole noire.

L'Italie, étalant les débris de sa gloire
Sous le soleil couchant de l'arrière-saison,
Est un musée immense et sans comparaison.
La France est une forge où l'on fait de l'histoire!

Il lui faut la lueur des fourneaux allumés,
Les bras nus et suants, les charbons consumés,
La crépitation des grandes fonderies.

L'idée, à flots brûlants, sort des canaux ouverts :
Et la coulée en feu, rejetant ses scories,
Donne assez de métal pour mouvoir l'univers!

LA BUVETTE

La pâle paysanne est auprès de la source,
Le mal qui la dévore est un mal sans ressource,
Et, pour tenter encore un remède incertain,
Elle est venue aux eaux, d'un village lointain.
Assise tristement, dans sa douleur muette,
Elle est là, tout le jour, au banc de la buvette,
En bure, en gros sabots, sous son capuchon gris,
Qui fait comme un auvent à ses traits amaigris.
Sa bouche est déjà close et ne veut plus rien dire;
La mort a mis le pouce à son masque de cire;
Et, fixement ouverts, ses deux grands yeux rêveurs
D'une étrange façon regardent les buveurs.

Ils arrivent en foule et passent devant elle :
La dame au teint de lis, rajustant sa dentelle,
Devant le verre plein fait la moue un moment,
Dans la chaise à porteurs remonte lestement,
Et se balance au son de la valse allemande;
Le bon bourgeois, qui veut tout connaître, demande
A goûter le breuvage, et s'en va satisfait;
Le touriste, en buvant, pose et cherche un effet;

Monsieur l'abbé, soignant sa personne sacrée,
Vide avec onction la coquille nacrée;
L'amazone, essuyant son front, cravache en main,
A laissé sa jument aux grilles du chemin,
Et, d'un geste coquet, troussant sa jupe noire,
Rit pour montrer ses dents blanches, avant de boire;
Tandis que les enfants, à l'entour du bassin,
Avant de s'envoler comme un bruyant essaim,
Tendent gaîment le verre au filet d'eau qui fume!

Cependant la malade en son coin se consume :
Elle a posé, tremblants et déjà refroidis,
Sur ses genoux serrés ses longs doigts engourdis;
Un souffle haletant, poussé par intervalle,
Des poumons caverneux en sons rauques s'exhale;
Et, quand on l'aperçoit de loin, chacun tout bas
Se dit, rien qu'à la voir : « Tu ne guériras pas! »
Mais elle reste là, jusqu'au soir, immobile :
On dirait de ces lieux l'impassible sibylle.
Au milieu du joyeux concert des instruments,
Elle a pour nos oublis des avertissements,
Et fait asseoir, troublant ces heureux qu'elle envie,
Le spectre de la mort à la source de vie!

LES TROIS PEUPLES

Trois peuples m'ont donné ce qu'il me faut pour vivre :
Les Romains, et les Grecs, et mon vieux peuple Hébreu.
Rome m'apprit le droit, dont son code est le livre ;
Athènes, la beauté ; Jérusalem, son Dieu.

J'ai vu d'autres clartés depuis cette lumière !
Mais c'est par elle enfin que je sais où je vais :
Et ces heures d'ennui, qui nous rendent mauvais,
Je les consacre au juste, aux arts, à la prière.

Depuis, les nations, qu'un seul droit peut unir,
Sous mes yeux rassurés suivent leurs destinées :
Je reconnais les lois l'une à l'autre enchaînées ;
J'ai compris le passé, je pressens l'avenir.

Depuis, adorateur des sublimes modèles,
Je m'enivre de chants, je m'égaie aux couleurs,
Je sens la volupté des savantes douleurs,
Je me chauffe au soleil des œuvres immortelles !

Depuis, le doute obscur peut m'assiéger en vain :
J'ai lu la foi limpide aux plus claires fontaines ;
Mon âme sans effort monte aux sphères lointaines,
Et ne s'arrête plus qu'à son foyer divin !

LONG POÈME

Dans un petit sonnet mettre l'immensité :
Y enfermer le ciel profond, la mer, la grève,
Le flot mouvant, le roc miné, le bruit sans trêve,
Et la brume d'hiver, et l'ouragan d'été;

Montrer à l'horizon, sur la vague emporté,
Le navire, fétu que l'abîme soulève;
Et jeter dans cette ombre et mêler à ce rêve
Ta lumière, Seigneur, et ton éternité :

Ah! c'est vraiment alors écrire un long poème;
C'est introduire l'âme aux régions qu'elle aime,
Et remplir l'humble vers qui promettait si peu!

Le cadre est assez vaste, et le poète à l'aise
Pour vivre tout un jour au bord de la falaise,
De ce petit sonnet qui lui parle de Dieu.

L'ENFANT AU JARDIN

Va jouer, mon doux ami !
Va ! ton père est endormi :
    Il faut descendre,
Nous savons quel somme il dort :
Toi, tu n'es pas d'âge encor
    A le comprendre !

Prends ta balle et ton cerceau,
Ou poursuis, sous le berceau,
    Ton jardinage ;
Cours et saute en liberté,
O la joie et la gaîté
    De ce ménage !

Des visiteurs soucieux
En groupes silencieux
    Là-bas se forment :
Ta place est au grand soleil ;
Laisse à leur calme sommeil
    Ceux qui s'endorment !

Le temps est beau ce matin ;
Tu resteras au jardin,
       Loin de la porte.
Si tu vois passer du noir,
Ne cherche pas à savoir
       Ce qu'on emporte !

Et si tu vois, dans un coin,
Sous les arbres, sans témoin,
       Quelqu'un qui pleure,
Écarte-toi doucement :
On est triste en ce moment
       Dans ta demeure !

Va jouer, mon doux ami !
Va, ton père est endormi :
       Oh ! qu'il me tarde
De t'éloigner du chemin !
Va rire aujourd'hui : — demain
     — Que Dieu te garde !

DEVANT UNE STATUE

I

J'ai suivi quelque temps la rive de la Saône.
Des chalands remorqués sillonnaient le flot jaune,
Sous un ciel pluvieux et lourd. Les bateliers
Se saluaient entre eux de leurs cris familiers.
Des femmes, cheminant vers leur tâche banale,
Glissaient dans le brouillard de l'heure matinale.
Une rare charrette ébranlait le pavé.

Soudain, levant des yeux distraits, je me trouvai
Au pied d'une statue en bronze, noble et fière,
Qui dominait le Cours, les maisons, la rivière,
Comme un veilleur debout près d'un peuple endormi.
C'était toi, Lamartine, et le hasard, ami
Des poètes, avait, pour ce pèlerinage,
Conduit fidèlement mes pas vers ton image.
Sur le grand quai désert, où rien ne me troublait,
J'écoutai longuement ce bronze qui parlait;

Humble, je t'adorai sur ton socle de pierre;
Par toi tout devenait harmonie et lumière;
Et, sous la fine pluie et le matin voilé.
Avec toi dans l'azur je m'étais envolé.
C'était toi, — non point tel que je te vis paraître,
Le jour où tu reçus mon hommage, ô doux maître,
Dans ce logis étroit, dans ce salon fané
Où tu cachais à tous ton front découronné;
Pauvre, et peignant encor de couleurs pindariques
Le tableau décevant de tes gains chimériques,
Grand vieillard absorbé dans tes rêves d'enfant :
— Mais jeune, glorieux, accablé, triomphant,
Avec ton geste auguste et ta mâle attitude,
Avant l'indifférence, avant l'ingratitude,
Avant les visions du lutteur aux abois,
Avant l'oubli, — l'oubli qui fait mourir deux fois!

II

Ah! ce temps est injuste aux gloires disparues!
Ivre de nouveautés, fier des jeunes recrues,
Il détourne les yeux d'un passé qui s'enfuit,
Et sur ses derniers morts laisse tomber la nuit!
Avant que l'avenir prononce la sentence,
On dirait qu'autour d'eux il se fait un silence,
Et qu'il faut cette épreuve à leur nom contesté,
Pour mériter la vie et l'immortalité!
Et pourtant, quel éclat tu jetas sur notre âge!
Bien ingrats, ces enfants qui te versent l'outrage.

Ils ne savent donc plus qu'après des temps troublés,
Un jour t'insinuant aux foyers consolés,
Ainsi qu'un chant divin ta voix se fit entendre?
Jamais plus doux accent ni caresse plus tendre
Ne sortit d'une lyre et ne toucha les cœurs!
Mais tes vers éthérés ne vont pas aux moqueurs;
Ils sont une ironie au drapeau qu'on arbore;
Il faut, — pour les sentir, — croire, prier encore,
Aimer, rêver! Il faut, pour en être enchanté,
Pour en goûter le charme et la sérénité,
Entrer dans cet esprit, que d'en bas je contemple,
Comme on entre, le front découvert, dans un temple;
Et braver, comme nous, les railleurs de salon,
Pour lire avec des pleurs *Le Lac* et *Le Vallon!*
Dans le doute et le deuil, dans l'amour, dans la fièvre,
Quel flot de poésie a coulé de ta lèvre!
Tel un suc savoureux jaillit du fruit pressé;
Telle saigne la gomme au flanc du pin blessé;
Tel le glacier d'argent voit s'épancher la source!

Et, lorsque l'ouragan t'emporta dans sa course,
Quand ton front se plaisait dans la foudre et l'éclair,
A deux pas du limon quel cours limpide et clair!
Quand l'orage y passait, ta harpe éolienne
Gardait, rendait encor l'âme virgilienne.
Comme si, par ta voix, Orphée eût revécu,
Le lion rugissant, le peuple, était vaincu!

III

Notre temps vieillissant manque un peu de mémoire !
Nous avons trop souvent donné, repris la gloire !
Que celui qu'on délaisse ait son culte aujourd'hui,
Et qu'enfin le respect remonte jusqu'à lui !
Oubliez, jeunes gens, pour les chants angéliques,
La lente défaillance et les jours faméliques !
Trouvez même une excuse aux fautes d'un grand cœur !
Sachez à sa faiblesse opposer sa vigueur !
Quand l'arbre dénudé sert de cible à vos flèches,
Songez à ses fruits d'or, non à ses feuilles sèches !
Replacez l'auréole autour du front vieilli ;
Vénérez ce regard d'où la flamme a jailli !
Montrez la main tendue à toute créature,
Et semant sans compter, comme fait la nature !
Avide de soleil, d'amour et de beauté,
Il sut purifier la popularité ;
Jaloux des grands devoirs plus que des chants durables,
Il connut le péril des luttes mémorables,
Et rêva tour à tour, — sublime ambition, —
Poète, l'idéal, citoyen, l'action !

CHAMP DE MARS

Exposition universelle, 1878.

Le spectacle est sublime, et l'orgueil est permis.
Le travail a vaincu les forces naturelles;
Autrefois leur esclave et terrassé par elles,
L'homme entrevoit partout son domaine soumis.

Corps inertes, dépôts sous la terre endormis,
Éléments oubliant leurs antiques querelles,
Chaleur, lumière et son, onde, métaux rebelles,
Vapeurs et gaz subtils, fluides ennemis :

Tout est dompté, tout sert, tout vit, tout se transforme;
L'être infime apparaît comme un géant énorme,
Plus fort, plus redoutable et plus fier chaque jour.

Puissance humaine, es-tu vraiment bien dépensée?
Toute cette matière est faite de pensée :
Ah! si cette pensée était faite d'amour!

AU BORD DE LA MER

I

GRAIN DE SABLE

Veules.

Sur la falaise, seul, à l'approche du soir,
A l'heure du reflux, j'étais venu m'asseoir,
Auprès du bourg Normand où la paix m'est donnée.
Ma vue, à ces hauteurs, par rien n'était bornée :
Sur mon front le ciel fauve, aux lointains orageux,
Où le soleil couchant accumulait ses jeux ;
Devant moi, le rivage et l'infini du sable,
Dérobant sous les flots sa ligne insaisissable.
Pas un cri de pêcheur, pas une voix d'enfant :
Nul de nos bruits humains. Dans les herbes, le vent ;
Et, tout là-bas, la plainte éternelle et profonde,
Qui pousse nos sanglots de l'un à l'autre monde !

Or, tandis que mes yeux, sur ce faîte écarté,
Allaient, d'en haut, plongeant dans cette immensité,
Du flot qui meurt aux cieux où l'étoile s'allume,
Je découvris, longeant les franges de l'écume,

Un atome, un ciron, moins que rien, un point noir,
Qui, loin, bien loin, semblait à peine se mouvoir,
Ponctuant — grain de sable aussi — la vaste grève :

C'était Victor Hugo qui promenait son rêve.

II

GOUTTE D'EAU

Villers-sur-Mer.

Il pleuvait. Le nuage allait au gouffre amer,
Cent mille gouttes d'eau se noyaient dans la mer,
Et cent mille autres. « Quoi! mourir et disparaître!
Disaient-elles. Briller dans l'air pour ne plus être!
Chacune, sous le ciel, nous vivions, nous comptions.
Nous ne sommes plus rien de ce que nous étions!
Au sein des flots salés nous voici descendues,
Et toutes dans un même abîme confondues!
Maudite la Nature, et maudit son auteur! »

Une seule, en tombant, bénit le Créateur,
Pauvre goutte modeste et simple · nulle plainte,
Nul effroi de périr! La loi qui frappe est sainte.

Dieu, là-haut, fut touché de son humilité.
Et, comme elle rentrait dans cette immensité
Où ses sœurs n'étaient plus que des vagues d'orage,
Il la reçut au cœur nacré d'un coquillage :
Il en fit une perle incrustée aux parois,
Pour qu'elle ornât, un jour, la couronne des rois.

LE CREDO DU PAUVRE HOMME

Mon Dieu, je ne suis qu'un pauvre homme,
Vivant du travail de ses mains,
Pareil à la bête de somme
Qui trotte le long des chemins :
Mais que ton bras s'appesantisse,
Ou m'épargne quand j'ai lutté,
O Dieu, je crois à ta justice
Encore plus qu'à ta bonté !

Il ne me faut sermon ni livre
Pour voir, en y réfléchissant,
Que, si tu m'as contraint de vivre,
Maître invisible et tout-puissant,
C'est que tu tiens une balance,
Et que l'épreuve aura sa fin :
C'est pourquoi j'accepte en silence
Le froid, la fatigue et la faim.

Par là, ma patience aidée
Se résigne à son triste lot.

Comment la plus sublime idée
Ne serait-elle rien qu'un mot?
Quoi! Sorti de la nuit profonde,
J'aurais conçu, moi, dans mon coin,
Une loi qui sauve le monde,
Et que Dieu ne connaîtrait point?

J'aurais mieux gouverné les choses?
J'aurais été meilleur que lui?
Être caché, Cause des causes,
Que serions-nous sans ton appui?
Si le malheureux, pour refuge,
Implore un Père dans les cieux,
Moi, je veux invoquer le Juge :
Et ma raison s'en trouve mieux!

L'homme a, dans son étroit domaine,
Dressé partout des tribunaux,
Et, pour lui, la justice humaine
Épuise en vain ses arsenaux :
Faible image, pâle copie
De cette éternelle équité
Qui ne peut troubler que l'impie,
Et dont je n'ai jamais douté!

Je garderai ma foi robuste,
En dépit des penseurs nouveaux.
Le Dieu que j'aime, le Dieu juste,
Me jugera ce que je vaux.

Quoi qu'on rêve et quoi qu'on bâtisse
Pour le bien de l'humanité,
Ô Dieu, je crois à ta justice,
Encoré plus qu'à ta bonté!

PRISON CELLULAIRE

En wagon.

Un bout de solitude a toujours su me plaire.
Il est doux de tâter du loisir cellulaire,
D'être à soi sans partage, et, ne pouvant agir
Du corps, de voir le champ de l'âme s'élargir,
Au point que l'univers appartient sans limite
A ce voyageur clos dans son réduit d'ermite!
Contre murs et verrous on a fort déclamé :
Pour être vraiment libre, il faut être enfermé!
On est soustrait, d'emblée, au tumulte;
On est maître du temps, à défaut de l'espace.
J'ai parfois souhaité, non sans bonne raison,
La franche liberté que l'on goûte en prison;
Les importuns m'ont pris le plus clair de ma vie.
J'ai rêvé des couvents pour la philosophie,
Avec leur grand silence et leur isolement!
A moins d'être sous clef, je vais fidèlement
A ma tâche; je quitte et les vers, et l'étude,
Et le rêve! Le monde, où tout est servitude,

M'étreint de ses plaisirs comme de ses devoirs!
Nouveau Titus, je fais mes comptes tous les soirs :
N'ai-je pas gaspillé follement ma journée,
En laissant à moitié la page abandonnée,
Le livre ouvert, l'élan par la course obtenu,
Pour un mot, pour un rien, pour le premier venu?
Cette heure, elle est à moi, bien à moi! Cette porte,
On ne l'ouvrira point, — tant que l'éclair m'emporte!
Cette boîte ambulante où j'ai dù me cloîtrer,
Je n'en puis pas sortir, — mais nul n'y peut entrer!
La foule, qui croit l'âme, elle aussi, prisonnière,
Ignore qu'elle échappe et plane à sa manière,
Et que, pour elle, rien ne vaut ce court moment
De calme intérieur et de recueillement.
Même pour le travail, c'est l'étape féconde :
Plus la parole est rare et plus l'idée abonde.
Ici même, ce vers que je fixe aurait fui,
Si je n'étais rivé tête à tête avec lui.
Du rêve le plus vaste à la plus humble rime,
La prison favorise et sert, loin qu'elle opprime!

J'allais continuer sur ce ton : j'aperçois
Une anémone bleue, à trois pas, dans un bois;
Sa corolle se penche et son salut m'invite :
Je la voudrais pour toi! — Plus rien! Nous passons vite.
Ah! beaux raisonnements, désormais sans valeur,
Si je n'ai pu cueillir cette petite fleur!

TRIO DE BÊTES

A MADAME ***

Et voilà comme on est puni pour trop attendre!
La mort qui, pour la bête et l'homme, n'est pas tendre,
A brusquement frappé l'un de vos trois amis;
Et le tableau riant qui flottait dans mon rêve,
Elle ne permet pas que mon pinceau l'achève,
      Après vous l'avoir tant promis!

Je les revois tous trois, le chien, l'oiseau, la chatte,
Vous flattant du museau, du bec et de la patte,
A vos pieds, dans vos bras et parmi vos cheveux.
L'oiseau surtout, présent de l'air, vivante flamme,
Fasciné par vos yeux comme nous par votre âme,
      Palpitant, farouche et nerveux!

Didi vous amusait de son savant manège;
Ratouillet vous frôlait de sa robe de neige,
Ou cherchait vos genoux d'un bond rapide et sûr;
Et Cocotte, étalant ses changeantes livrées,
Gonflait sous vos longs doigts ses plumes enfiévrées,
      Faites de feu, d'or et d'azur.

O l'être incomparable à qui vous faisiez fête !
Pour vous aimer ainsi, c'était mieux qu'une bête ;
Pour vous comprendre ainsi, c'était plus qu'un esprit !
Tout fier de panacher vos torsades d'ébène,
Il ajoutait un charme à votre front de reine,
  Qu'un voile de deuil assombrit.

Ivre de vos baisers, jaloux de vos caresses,
Ses coups d'aile marquaient d'indicibles tendresses ;
Absente, il attendait muet votre retour.
Mystérieux accord et touchante exigence,
En lui tout aspirait à votre intelligence,
  Tout frémissait de votre amour !

Il est parti, l'oiseau rayonnant des tropiques !
Fatigué de nos cieux gris et misanthropiques,
Sous leur paupière bleue il a clos ses yeux verts.
Pauvre bête ! Gardez un long souvenir d'elle !
Faisons-lui tous les deux une place fidèle
  Dans votre cœur et dans mes vers.

Les autres sont restés, peuplant la solitude :
L'un, l'amitié banale, et l'autre, l'habitude ;
L'un, servile et bruyant, l'autre grave et douillet.
L'être qui n'est plus là, c'était là fantaisie !
Votre trio rompu n'a plus sa poésie,
  Didi, Cocotte et Ratouillet !

LA MORT DU SALTIMBANQUE

I

Encore une triste semaine!
Il a vraiment l'âme inhumaine,
Le saint qu'hier on a fêté!
Bateleurs, déclouez vos planches,
Pliez vos loques des dimanches :
Vous avez manqué de gaîté!

Pauvres gens! Comptez la recette :
Elle danse dans la cassette.
Les gros sous font un petit tas!
Il faut du pain : la vie est chère!
Demain, vous ferez maigre chère;
Après demain... l'on ne sait pas!

Allez! Roulez! Suivez sans cesse,
Sous la misère qui vous presse,
La route qui n'a pas de fin,
Fils bâtards de la fantaisie,
Qui trouvez votre poésie
Dans les angoisses de la faim!

II

Sous son bout de tuyau qui fume,
Là-bas s'éloigne dans la brume
La caravane aux volets verts.
La longue voiture ambulante
Prend son allure somnolente :
Que Dieu la garde de revers !

Sur tous les grands chemins de France,
Depuis sa plus lointaine enfance,
Le saltimbanque a voyagé.
Voilà longtemps qu'il est en route ;
Son œil s'éteint, son dos se voûte,
Son vieux visage est ravagé.

Essuyant mépris et déboire,
Il a sur tous les champs de foire
Planté son étroit campement,
Et débité dans les parades,
Sous de navrantes mascarades,
L'intarissable boniment.

Dans les granges ou sur les places
Il a dressé, pour ses grimaces,
Les tréteaux pourris par les ans,
Et cloué contre sa baraque
L'escalier dont le sapin craque
Sous le sabot des paysans ;

LA MORT DU SALTIMBANQUE

Il a, de village en village,
Traîné dans le coin d'une cage,
Entre des barreaux de bois noir,
— Horrifique ménagerie! —
Un phoque à la panse amaigrie,
Un loup pelé, piteux à voir;

Il a, tendant son escarcelle,
Sur son nez promené l'échelle,
Jonglé sur le ventre et le dos,
Ou, du fond de sa gibecière,
Tiré l'illusion grossière,
Aux yeux stupides des badauds.

Brave homme! Il travaille en famille :
Rien n'est plus souple que sa fille,
Sous son corsage pailleté,
Quand son corps disloqué se joue
Sur le tapis semé de boue,
Dans son élastique beauté!

Son fils est l'hercule aux reins larges,
Qui lutte ou soulève des charges,
D'un bras nerveux et tatoué;
Sa femme est la femme géante,
Dont la foule, bouche béante,
Contemple le maillot troué!

Tous les enfants, la bru, le gendre,
Il faut les voir et les entendre,
Acharnés sur leur instrument,
Quand du patron la voix magique
Nasille : « En avant la musique !
Voici l'instant... et le moment !... »

Chacun a son geste et son rôle.
Amusez-nous ! Que l'on soit drôle,
Les vieux, les aînés, les marmots !
Ils sont dix : que chacun apporte
Aux bagatelles de la porte
Ses quolibets et ses gros mots !

Lui, vétéran de la bohème,
Il a reçu trente ans lui-même
Les soufflets qu'il lance à son tour ;
Tricorne au front, fard sur la joue,
Il s'échauffe, il hurle, il s'enroue,
Il brûle son sang chaque jour !

Plus d'une fois, la langue aride,
Le ventre creux, l'estomac vide,
A jeun chez de gros campagnards,
Il a, d'une dent affamée,
Dévoré l'étoupe enflammée,
Avalé sabres et poignards !

Car tu dois rire, quand tout manque,
Sombre gaîté du saltimbanque!
Il pend un crêpe à tes grelots!
Ta grimace contre nature
Cache souvent une torture
Et dissimule des sanglots!

III

Près d'un fossé, dans la montée,
La caravane est arrêtée
Sur un grand chemin tout poudreux,
Depuis la dernière bourgade,
Le vieux saltimbanque est malade;
L'œil est terne et le pouls fiévreux.

On dételle la maigre rosse
Qui dix ans tira le carrosse,
Et jeûne aussi, les mauvais jours.
La troupe est sur pied; tout s'agite :
Les pauvres gens, cela meurt vite.
Le père est bien bas. Du secours!

Du secours! on discute, on pleure :
Que faire? On est à plus d'une heure,
Même en courant, du bourg voisin!
Un des garçons, à travers plaine,
En maillot rose, à perdre haleine,
S'en va querir un médecin!

Il saute, avèc des bonds sauvages,
Taillis, fossés et marécages,
Souillé de boue, éperdument;
Il arpente les champs sans borne,
Par un temps noir, sous un ciel morne,
Dans un sinistre isolement.

IV

Dans le logis, spectacle étrange!
Partout un burlesque mélange,
Comme une ironie à la mort!
On respire à peine, on suffoque
Parmi cette odeur de défroque
Où la tribu grouille et s'endort!

Frippes dans les coins entassées,
Sales casaques rapiécées,
Velours qui n'a plus de couleur,
Langes d'enfants à la mamelle,
Tout est confondu pêle-mêle,
Sous le plafond du bateleur!

Dans le fond du chariot sombre,
Sous de vieux rideaux qui font ombre,
Le saltimbanque est dans sen lit.
Le front suant, la voix éteinte,
Grave, et sans pousser une plainte,
Il souffre, il frissonne, il pàlit!

Plus de rire! Plus de grimace!
Il s'en va, le joyeux paillasse!
Les jours de gaîté sont passés.
Le tapis, témoin de ses luttes,
Et tout râpé sous les culbutes,
Couvre déjà ses pieds glacés!

Sur sa chaise d'équilibriste
L'hercule est assis, lourd et triste,
Les deux coudes sur ses genoux;
Et son regard qui désespère,
Sans se détacher du vieux père,
Dit tout bas : « Que deviendrons-nous? »

Près de lui, la femme sauvage
Remue, au hasard, un breuvage
Que le dompteur a préparé;
Et, stupide, à la même place,
Sous sa perruque de filasse,
Le pitre ouvre un œil effaré.

La géante au chevet s'incline :
Les sanglots gonflent sa poitrine;
La main retient la vieille main;
Et les petits, tout en guenilles,
Se traînent comme des chenilles,
Dans la poussière du chemin.

V

Sur son lit le vieillard se dresse;
Un suprême éclair de tendresse
Illumine son teint blafard;
Il avance vers ceux qu'il aime
Son visage affreusement blême
Sous une couche de vieux fard.

« Adieu, petits! Adieu, la vieille!
Dit-il; sur vous que le Ciel veille!
Surtout, ne vous séparez point!...
Tu pleures, là-bas, imbécile?
Mourir n'est pas si difficile,
Quand la vie est dure à ce point!

« Trouver du pain, c'est une affaire!
J'aurais dû, certes, pour bien faire,
Choisir pour vous d'autres métiers!
Mais l'exemple est là, qui dispose!
Des culbutes, c'est peu de chose
A laisser à ses héritiers!... »

Il veut encor parler, sourire;
Ses yeux se voilent; le délire
Bientôt divague en mots confus;
Et, dans la phrase qu'il achève,
Il n'aperçoit déjà qu'en rêve
Ses amis qu'il ne connaît plus.

Il revoit la foule, il pérore;
Sa voix qui meurt murmure encore :
« Voici l'instant... et le moment!... »
Sa main sur sa tempe livide
Passe et s'agite dans le vide :
Ce fut son dernier boniment

Les enfants pleurent, tête basse.
La femme, tandis qu'il trépasse,
Sur ses lèvres avec effort
Retrouve un lambeau de prière.
Elle est veuve. — Apprêtez la bière :
Le pauvre saltimbanque est mort!

GRANDEUR MORALE

Poussières de soleil, éternelle semence
D'où germent dans l'azur les mondes inconnus;
Astres étincelants, lancés et retenus
Dans l'orbe où votre cours s'achève et recommence;

Océans lumineux, faits pour mettre en démence
Ces atomes d'un jour, créés faibles et nus;
Étoiles dont les feux ne nous sont parvenus
Qu'après des milliers d'ans, du fond du ciel immense :

On croirait que l'esprit, devant votre splendeur,
Épuise ce qu'il peut concevoir de grandeur?
Mais il est un spectacle, à mes yeux, plus auguste

Que ce fourmillement de mondes découverts :
C'est, dans le dernier coin perdu de l'univers,
Debout, sur notre globe infime, un homme juste!

LA VEILLÉE DU MÉDECIN

A MON PÈRE.

I

Quand le corps souffre, on te réclame :
Ton sourire est le bienvenu,
Et fait passer, en touchant l'âme,
Jusqu'aux sources du mal un fluide inconnu!

C'est par toi que l'infirme espère,
Que le vieillard croit rajeunir;
J'ai vu tressaillir plus d'un père
Épiant la minute où tu devais venir.

On guette avec impatience
Ton pas qui s'arrête au palier;
Le doute reprend confiance,
Dès qu'apparaît au seuil ton regard familier.

Chacun s'empresse : on te demande
Un geste, un signe, un mot d'espoir;
On t'écoute, et ta voix commande;
Parti, l'heure est comptée où l'on doit te revoir.

Et tu guéris souvent! Courage,
Providence de la douleur!
Poursuis ton rôle et ton ouvrage :
Arrache obstinément quelque proie au malheur!

Suspends la torture sans trêve,
Allège le poids étouffant,
Verse au sang appauvri la sève,
Fais refleurir la vierge, épanouir l'enfant!

Mais quand la nature résiste,
Bravant ton savoir obscurci,
Quand la mort triomphe, — heure triste! —
Quel tableau trouble encor ton cœur mal endurci!

Tu les connais, ces pleurs sans nombre;
Tu les fuis toujours, homme fort,
Ces longs sanglots dans la nuit sombre,
Ces premiers cris d'effroi que fait pousser la mort!

Car ce n'est pas toi qui consoles :
Que peut ta voix ou ton regard?
Il faut alors d'autres paroles,
Qu'on ne demande pas à ce vaincu qui part!

II

On dit que vous êtes terribles,
O médecins, dans votre foi ;
Et que vos âmes insensibles
Dans l'être qui s'éteint n'observent qu'une loi ;

Que vous voyez ces faces blêmes
D'un œil sec que rien ne ternit ;
Que vous écartez les problèmes
Dont le tourment commence à l'heure où tout finit ;

Que vous ne voulez point connaître
L'espoir qu'on murmure tout bas,
Et que, pour vous, tout cesse d'être
Où la courte science hésite et n'atteint pas ;

Qu'à voir tant de lèvres glacées,
Tant de mains qu'un instant raidit,
Tant de paupières abaissées,
Tant de sang qui se fige et qui se refroidit ;

Vous ne croyez qu'à la matière,
Au corps qui souffre et se débat ;
Que pour vous la machine entière
N'est que muscles, ressorts, nerfs, cerveau, cœur qui bat ;

Que la vie est un phénomène,
Dont la mort signale la fin,
Et que la destinée humaine
S'arrête pour jamais sur le seuil du divin !

III

Et toi, dont le front que j'embrasse,
Conserve un nuage d'ennui,
Dont les tempes gardent la trace
Du lourd souci qui naît de la douleur d'autrui ;

Quand tu méditais sans rien dire,
Quand tous ces regards déchirants
Dans ton âme tentaient de lire,
Quand ton front se penchait sur le lit des mourants ;

Quand, mesurant ton impuissance
Devant un mal sans guérison,
Tu suivais cette décroissance
Dont le terme fatal échappe à la raison ;

Quand, après des nuits d'insomnie,
Contre la mort ayant lutté,
Tu regardais une agonie :
Et toi, mon père, et toi, — réponds, — as-tu douté ?

IV

Ah! je le sais, ce siècle doute!
Plus l'humanité va créant,
Plus les sages que l'on écoute
Enivrent la raison de l'orgueil du néant.

En vain l'espérance est avide :
A l'horizon plus rien ne luit.
L'âme est un mot sonore et vide :
Ce rayon de lumière appartient à la nuit.

Oui, l'on voudrait absorber l'être
Dans l'universel mouvement;
Faire rentrer et disparaître,
Dans l'immense unité, l'homme, obscur élément;

Comme les feuilles qui s'amassent
Aux feuilles vont se réunir,
Des générations qui passent
On forme un vil fumier où germe l'avenir;

On limite ici la durée
Où l'âme libre aspire au bien;
Et, quand elle est altérée,
Au moment d'y goûter, on lui dit : « Tu n'es rien! »

Penseurs, penseurs, prenez bien garde!
Pour vous consoler, vous avez
Ce peu de gloire qui retarde
Le néant déguisé que vous nous réservez!

Que vous font les sphères lointaines
Où nos vœux s'égarent d'en bas?
Vous bercez vos âmes hautaines
D'une immortalité que les humbles n'ont pas.

Vous oubliez la foule obscure
Qui ne peut sentir ni vouloir,
Dans votre écrasante Nature,
L'amère volupté de mourir sans espoir!

V

O mort, je garde l'espérance!
O mon père, sois avec moi!
Un soir, près d'un lit de souffrance,
Nous avons tous les deux pleuré, — rappelle-toi!

Nuit lugubre, froide veillée!
Tu marchais d'un pas grave et lent:
Je pressais la vitre mouillée,
Afin d'y rafraîchir un peu mon front brûlant.

Tu songeais à ce corps débile,
Méconnaissable à tous les yeux,
A l'ami gisant immobile,
Le regard déjà terne et tourné vers les cieux;

Déjà tu voyais se dissoudre
Chaque élément mal retenu;
La poudre aspirer à la poudre.
Dans le dédale obscur d'un travail inconnu.

Mais, moi, je songeais à cette âme
Douce et bonne, et qui nous laissait;
J'écoutais la voix qui réclame
Contre l'horrible adieu que mon cœur repoussait.

En un moment tous les systèmes,
Tous les dogmes s'offraient à moi :
J'allais, posant tous les dilemmes,
Du croyant sans lumière au sceptique sans foi;

Puis je m'assis au chevet sombre;
Et, quand vint l'instant redouté
Où l'être cher mourait dans l'ombre,
Je regardai sa face : et je n'ai plus douté.

THÉATRE

EXTRAITS

I

L'OUVRIER TEL QU'IL DOIT ÊTRE

Un jeune ouvrier graveur, Marcel, expose à son père, Morin, ancien ouvrier qu'il ne connaît pas et qu'il croit mort, sa façon de comprendre la vie et le travail.

MARCEL

. . . .
Le cabaret?... merci! L'on sait ce qu'on y gagne!
Singulier goût d'aimer à battre la campagne!
Je n'ai jamais compris, sobre dès le matin,
Les éblouissements de ce comptoir d'étain.
Voyez-vous, ma raison, qu'un pareil soupçon blesse,
Fait de la tempérance un titre de noblesse.
La misère et le vice ont besoin de l'oubli :
J'aime trop mon bon sens pour le voir affaibli;
Et nous n'avons pas trop de notre intelligence,
Nous autres, pour combattre et vaincre l'ignorance.

MORIN (à part).

J'ai mon paquet!
(Haut.)

Parbleu! vous avez bien raison!

MARCEL

Et puis, je ne me plais vraiment qu'à la maison.
Quand une chambre est saine et riante à la vue,
Qu'on y trouve une armoire en linge bien pourvue,
Un livre sur la table, une lampe le soir,
On y revient sans peine, heureux de la revoir.
Mais ce sont les taudis et les foyers sans flamme,
Les bouges sans soleil pour le corps ni pour l'âme,
Et les réduits infects pleins de navrants secrets
Qui font rester le pauvre au fond des cabarets!

MORIN

Je vois cela d'ici.... — Mais il faut se distraire!

MARCEL

C'est ma confession que vous voulez donc faire?
Je n'ai rien à cacher, et je ne rougis point
De montrer ma façon de vivre sur ce point.
Je suis de ces rêveurs, charmés de leur trouvaille,
Dont l'esprit va son train lorsque la main travaille!
Et, quand je ne vais pas, — c'est là tout mon roman. —
Bras dessus, bras dessous, promener la maman,

— Car les mères aussi veulent être amusées, —
Je dessine chez moi, je vais dans les Musées,
Je suis les cours publics : il s'en fait à foison!
J'apprends, tant bien que mal à forger ma raison.
A quoi sert d'habiter une pareille ville,
Si c'est pour y moisir comme une âme servile?
Ma mère en nos longs soirs d'entretiens sérieux,
Des choses de l'esprit m'a rendu curieux....
On doit joindre à l'esprit tout ce qui le relève,
Aider au bien qu'on voit par le mieux que l'on rêve;
Travailler sans relâche afin d'être plus fort
Et contre la misère user un moindre effort!
Et, d'ailleurs, il le faut, monsieur : le flot nous pousse,
Et doit encor plus haut nous porter sans secousse!
Arbre ou peuple, toujours la force vient d'en bas :
La sève humaine monte et ne redescend pas!

MORIN (à part).

Où prend-il tout cela?
          (Haut.)
                    Que le diable m'emporte
Si j'aurais jamais su raisonner de la sorte!
J'étais un malheureux au cœur irrésolu!
Pour en arriver là qu'avez-vous fait?

MARCEL

                    J'ai lu....
Aux livres je dois tout; j'en ai là, sur ma planche,
Qui me font sans ennui passer tout mon dimanche!

Avec eux j'ai senti mon âme s'assainir;
Ils m'ont donné la foi que j'ai dans l'avenir :
Ma mère me l'a dit, l'ignorance est brutale :
Elle imprime au visage une marque fatale!
Au mal, comme au carcan l'ignorant est rivé :
Mais quiconque sait lire est un homme sauvé!

(Extrait du drame *les Ouvriers*, représenté, le 17 janvier 1870
au Théâtre-Français, scène VI.)

II

LE PLAIDOYER DU VIEIL OUVRIER

L'ouvrier Morin a autrefois abandonné sa femme Jeanne, après l'avoir frappée d'un coup de couteau, dans une heure d'ivresse. Revenu au bien après une vie d'épreuves, bienfaiteur lui-même d'enfants orphelins qu'il a adoptés, le hasard l'a ramené, au bout de vingt ans, en présence de sa femme et de son fils. Il fait l'aveu de son crime, demande l'oubli et réclame sa place au foyer.

MORIN

Je veux ma place ici, je veux mon fils! je veux....

MARCEL, qui a gardé jusque-là le silence.

Non, monsieur! car enfin tout cela me regarde!
Va, ne crains rien, maman, je suis là, je te garde!
Monsieur, ma mère est veuve et je suis orphelin....
D'un passé douloureux notre cœur est trop plein....
Elle ne vous connaît que par deux ans de honte,
Et de vingt ans de pleurs ne vous doit aucun compte.
Quant à moi, je n'ai pas à chercher mon devoir :
Je n'ai qu'à regarder ses yeux pour le savoir!
Elle seule a rempli dignement cette tâche :
D'un dévouement obscur, d'un labeur sans relâche.

Ah! pauvre mère! plus j'y songe maintenant,
Toi, jeune et belle encore, au travail t'obstinant,
Plus tu me parais sainte, héroïque, adorable,
D'être si vertueuse, étant si misérable!
Et moi, j'aurais été l'affreux petit bandit
Qui, du bouge au ruisseau, pâle, maigre, grandit;
J'aurais eu les penchants que l'exemple motive,
Avec une prison pour toute perspective!
Depuis longtemps déjà ces périls sont passés;
Ma mère a fait de moi ce que vous connaissez.
Si le mal fût venu, vous étiez le coupable;
Je voudrais l'oublier, je m'en sens incapable;
Je n'ai jamais connu qu'elle, je lui dois tout :
Vous étiez mort pour moi, soyez-le jusqu'au bout!

MORIN

Jeanne, faites-le taire; il passe la mesure!
Trouvez-vous qu'il me rende assez votre blessure?
— Eh bien! oui, vous avez raison, je dois partir,
Et je reviens trop tard avec mon repentir,
Va-t'en, vieux criminel qu'on ne veut pas entendre,
Et qui n'as même plus le droit de te défendre!
Tout à l'heure, j'étais un brave homme; on m'aimait;
Je ne sais de quels noms votre fils me nommait;
J'étais une belle âme, un protecteur céleste;
On m'appelait sauveur, Providence et le reste!
Et, comme maintenant vous savez le passé,
De tous ces beaux discours vous n'avez rien laissé!

Vous ne demandez pas d'où vient cet homme honnête,
Sous combien de remords il a courbé la tête ;
Comment, par quels efforts, de quels maux abreuvé,
Il a conquis la place où vous l'avez trouvé ;
Comment il est monté, de si bas, à l'estime ;
Ce qu'il s'est imposé pour expier son crime,
Et comment cet ivrogne affreux, cet assassin,
Était, à son retour, un cœur loyal et sain !
Vous le prenez bien haut, jeune homme ! La morale
Doit parler autrement pour être libérale.
Vous ne pardonnez pas ! J'admire, en vérité,
Aux bouches de vingt ans cette sévérité !
Ah ! vous voilà bien fier, pour être un jeune sage !
Vous n'avez point passé par mon apprentissage :
Votre mère autrefois vous expliquait le bien ;
La mienne me battait et ne m'apprenait rien !
Enfant, ai-je entendu quelque bonne parole ?
Je n'ai jamais connu le chemin de l'école ;
Je lis, c'est tout au plus ; j'écris tout juste assez
Pour inscrire mes gains près de mes déboursés.
J'ai traîné dans la boue une enfance indocile,
Et le cabaret fut mon premier domicile !
A qui n'a pas lutté, la vertu coûte peu,
Jeune homme ! Il faut avoir été sans feu ni lieu,
Avoir eu des passants les réponses bourrues,
Avoir dormi la nuit sur le pavé des rues,
Et s'être demandé, quand on n'a plus le sou,
Si l'on ne fera pas, le soir, un mauvais coup !
Voilà, pour parler haut, d'assez rudes épreuves,

Qui mettraient à l'essai vos vertus toutes neuves.
Et comment ai-je fait?... Qui m'a sauvegardé?...
J'allais tomber plus bas : quelle main m'a guidé?
Aucune!... Je n'avais contre la défaillance
Qu'une obscure lueur, ma seule conscience,
De tout secours humain j'étais déshérité,
Et c'est moi seul enfin qui me suis racheté!

. . . .

(Extrait du drame *les Ouvriers*, scène VII.)

III

PÈRES ET ENFANTS

Un père, dont le fils a trompé toutes les espérances, en est arrivé à haïr tous les enfants, qui lui rappellent ce fils coupable, parti pour l'Amérique, et dont il a appris la mort. Un docteur, son ami, essaie de le ramener à d'autres sentiments, lui fait voir l'isolement où il vit à la campagne avec sa femme, et l'invite à accueillir son petit-fils, innocent des fautes de son père, et que les circonstances rapprochent du logis paternel.

LE GRAND-PÈRE

. . . .

.....Pas d'enfants! Pas d'enfants! La nature
Qui les donne a forgé notre pire torture!
Les perdre, c'est affreux, sans doute : mais les voir
Autres qu'on ne voudrait et traîtres au devoir,
Vivre avec cette idée aussitôt qu'on s'éveille,
C'est la grande douleur, la douleur sans pareille!
Avoir un fils! En lui, renaître avec fierté;
Espérer qu'il sera ce qu'on n'a pas été;
Par lui, se compléter, s'amender, se refaire;
Lui préparer longtemps l'avenir qu'on préfère;
Se consoler par lui des mécomptes passés,
Et rêver la moisson des champs ensemencés!

Puis, tout manque! Ce fils, indocile, incapable,
N'est plus qu'un malheureux qu'on écarte, un coupable,
Dont les amis jamais ne vous reparleront,
Et dont le souvenir met la rougeur au front!
De mes chagrins, docteur, vous savez l'origine....

LE DOCTEUR

Oui, je sais....

LE GRAND-PÈRE

Vous avez quelquefois, j'imagine,
Soigné de ces cancers, de ces consomptions
Qui minent lentement les constitutions,
Et font qu'au début même on présage la tombe?
Nul remède : on maigrit, on languit, on succombe!
Eh bien, j'ai mon cancer incurable, et j'en meurs!
..... J'aimais les champs; j'aimais les fleurs :
C'est fini dès longtemps; plus rien ne m'intéresse;
Je sens au fond du cœur comme une sécheresse
Avec lui ces lilas ont grandi : je les hais.
Ces fleurs, dont il faisait, tout enfant, des bouquets,
Je les vois sans regret se faner sur leur tige,
Le papillon qui sur mes corbeilles voltige,
Et qu'il eût poursuivi, m'irrite; le fruit mûr
Qu'il mordait si gaîment pourrit au pied du mur;
Les jeux d'enfants ne sont qu'un stupide tapage!
J'aimais à lire. Eh bien, je lis! à chaque page,
Il passe dans mon livre, et c'est lui que j'y vois;
Et l'étranger qui cause à ma porte a sa voix!

Non! non! L'on ne saura jamais ce qu'ils vous coûtent,
Ces fils qui vous ont pris l'âme, sans qu'ils s'en doutent!
Jugez, docteur, jugez, vous et tous vos savants,
Ce que j'ai dû souffrir pour haïr les enfants!

. . . .

LE DOCTEUR

Voyons, soyez sincère! Il doit vous arriver,
A l'aspect des enfants qui courent, de rêver,
De penser que les vieux ont besoin de tendresse,
Et que ce menton gris attend une caresse?...
Je ne vois rien de tel que ces petits gaillards,
Pour faire tout à coup rajeunir les vieillards.
Votre maison est morne et froide; tout est sombre;
L'enfant fait du soleil, le vieillard fait de l'ombre!
Votre vie aujourd'hui n'a plus aucun ressort,
Et votre isolement est pire que la mort!
Franchement, savez-vous pourquoi vous êtes triste?
Il suffira d'un mot : vous êtes égoïste.
Et pourquoi l'êtes-vous? Il suffira d'un mot ·
C'est qu'il vous manque ici quelque chose · un marmot!
Vous pliez sous un poids dont rien ne vous soulage;
Ce logis sent partout les tristesses de l'âge;
Et, pour ce lendemain que nous interrogeons,
Rien que de vieux rameaux : on cherche les bourgeons!
Ce bosquet, ce jardin, ce fouillis de verdure,
Tout est désert : il faut des enfants en bordure!
Aux branches du vieux chêne il faut de jeunes nids!

Vous vous pétrifiez, vous êtes racornis
Tous les deux! Dans l'ennui votre route s'achève,
Et vous marchez sans but, et vous vivez sans rêve!
Un homme de votre âge est un grand-père né.
C'est une loi sublime et sainte : étant donné
Un petit-fils, il faut à tout prix un grand-père :
Jeune et vieux vont ensemble, et les deux font la paire!

LE GRAND-PÈRE

Oui, je connais ce rêve, et l'ai fait avant vous!
Mais ceux qui n'ont pas peur du réveil sont des fous,
Quant à moi, j'ai scellé les pages de ma vie;
L'œuvre est trop hasardeuse, et je n'ai nulle envie
De troubler tout à coup par des soins si nouveaux
Ce peu de jours comptés qui veulent du repos.
Je n'ai plus la vigueur d'une tâche pareille;
Pour prendre d'autres plis cette étoffe est trop vieille
Et mon cœur — jugez-en! — s'est si bien resserré,
Qu'ayant perdu mon fils, je ne l'ai point pleuré!

LE DOCTEUR

C'est votre orgueil qui lutte, et, malgré l'évidence,
S'obstine et se refuse à faire pénitence!
Vous bravez le destin. Ah! c'est pitié de voir
Qu'ayant cet avenir devant vous, ce devoir,
Ce rayon de soleil que le ciel vous envoie,
Ce sol, où par vos soins peut refleurir la joie ;

Que retrouvant l'image adorable d'un fils

Jeune, pur et charmant, tel que l'autre jadis,

Vous préfériez le deuil avec la solitude,

Et les mornes ennuis de la décrépitude!

Voilà cette sagesse où vous êtes expert?...

Que d'heureux on ferait du bonheur qui se perd!

(Extraits du drame l'*Absent*, représenté, le 4 juin 1873,
sur le Théâtre-Français, scène viii.)

POÉSIES PATRIOTIQUES

EXTRAITS

L'AMBULANCE

(AOÛT 1870)

Une femme du monde a pris la croix de Genève, et s'est consacrée au soin des blessés. Elle a servi d'infirmière à un jeune soldat qui entre en convalescence ; c'est dans une ambulance de Lorraine que la scène se passe.

LE CONVALESCENT, en uniforme et assis au bord de son lit.

Tout me revient à la mémoire :
Je m'éveille, et j'ai peine à croire
Au spectacle qu'ont vu mes yeux ;
Et, quand je suis tombé moi-même,
C'était bien un adieu suprême
Que ma lèvre adressait aux cieux !

LA JEUNE INFIRMIÈRE, debout près de lui.

Je n'ose ordonner le silence
A la voix faible que j'entends :

J'avais peur d'une somnolence
Qui durait depuis si longtemps.
Racontez tout, je vous écoute.
Hélas! je sais ce qu'il en coûte
Même aux heureux, même aux vainqueurs!
Je vois de près tant de misères,
Que vos vertus sont nécessaires
Pour consoler nos tristes cœurs!

LE CONVALESCENT

Nous avions combattu tout le jour sans relâche,
Dans nos rangs, pas un homme ébranlé, pas un lâche!
Et, quand on attaquait, nous entonnions ce chant
Qui vous fait triompher déjà, rien qu'en marchant.
A ce moment, chaque âme est ferme et bien munie :
Sous le regard de Dieu, grave, elle communie;
A ceux qu'on aime on donne un dernier souvenir.
Dieu seul dirait comment bat le cœur d'une armée
Qui court en frémissant à travers la fumée!
Le sacrifice est fait et la mort peut venir.
On ne se pose plus de problème inutile,
Pourquoi l'on meurt, pourquoi l'on tue ou l'on mutile,
Pourquoi ce but vivant qu'on vise à l'horizon.
Chacun boit d'un seul trait la coupe où l'on s'enivre;
On ne demande plus s'il faut mourir ou vivre!
Une force inconnue emporte la raison!

LA JEUNE INFIRMIÈRE

Votre voix est trop animée :
J'ai peur d'avoir tant écouté.
Est-elle donc si bien fermée,
Hélas! la blessure enflammée
Qui saignait à votre côté?

LE CONVALESCENT

La plaine n'était plus qu'une paille hachée
Où le sang abreuvait la terre desséchée
J'avais vu près de moi rouler de chers amis!
Mais j'avançais toujours : je me l'étais promis
Nous franchissions vergers, ruisseaux, ravins, collines,
Hameaux, où le canon n'a laissé que ruines;
J'avais chaud, j'avais soif, et j'étais affamé.
Sur mon cœur j'avais mis un portrait bien aimé,
Ma mère, — un talisman sacré pour qui s'expose! —
Quand, d'un vieux bâtiment dont la porte était close,
Un poste d'habits verts fit feu subitement;
Et, sans pousser un cri, je tombai lourdement.
J'entendais le clairon, couché contre une haie;
Et, tandis qu'à l'attaque on faisait rude accueil,
Je sentais s'écouler tout le sang de ma plaie
Alors de mes vingt ans je pris tout bas le deuil,
Et je m'évanouis dans un rêve d'orgueil.

LA JEUNE INFIRMIÈRE

Pourtant, ami, la vie est belle,
Et vous êtes si jeune encor!
Vous puisez à peine au trésor
Que l'espérance renouvelle.
Quoi, pas un souci de mourir?
Pas un regret? Pas une plainte?
Pas même cette obscure crainte
Que la nature a de souffrir?

LE CONVALESCENT

Non! Puisque le trépas est une loi fatale,
Qu'il faut subir un jour, et peut-être demain,
Qui frappe à nos foyers comme sur le chemin,
Sournoise pour les uns, pour les autres brutale,
J'aime encor mieux partir, jeune avec mon espoir,
Et, dans quelque sillon de la terre natale,
Tomber pour une idée ou bien pour un devoir!

LA JEUNE INFIRMIÈRE

Mais vous haïssez donc ceux que l'on vous oppose?...

LE CONVALESCENT

Non! l'on ne hait personne : on ne sait qu'une chose,
C'est qu'il faut soutenir partout le vieil honneur;
C'est qu'on a près de soi la patrie inquiète;
C'est que les blés sont mûrs et qu'on est moissonneur·
C'est qu'un peuple décroît dont l'histoire est muette:

C'est qu'enfin le courage est la suprême loi;
Que le péril absout, que la mort justifie,
C'est qu'on part, c'est qu'on chante et qu'on donne sa vie
Pour un mot tout brûlant des ardeurs de la foi!

LA JEUNE INFIRMIÈRE

O patrie, on a beau raisonner, tu l'emportes!
Les âmes que tu fais sont encor les plus fortes;
Et, sitôt que dans l'air a grondé le canon,
Tout s'efface, excepté la grandeur de ton nom!
Ah! j'ai longtemps rêvé sur ces pâles visages!
Ceux qui vont au-devant de la mort sont des sages;
Et les peuples encor n'ont rien vu de plus beau
Qu'un brin de laurier vert sur un jeune tombeau!

. . . .

(Fragment de la scène *Pour les blessés*, représentée
au Théâtre-Français, le 6 août 1870, par M. Coquelin
et Mlle Favart.)

LES PIGEONS DE LA RÉPUBLIQUE

(OCTOBRE 1870)

Doux pigeons, messagers d'amour,
Vous dont tant d'âmes consolées,
Comptant les heures écoulées,
Autrefois fêtaient le retour;

Vous qui rapportiez sous vos ailes,
Caché dans le plumage blanc,
Le pli que l'on ouvre en tremblant,
Le secret des amours fidèles;

Vous qui disiez des riens charmants
A l'oreille de vos maîtresses;
Ou frissonniez sous les caresses
Et le long baiser des amants :

Votre rôle n'est plus le même :
Paris a vu les étrangers!
Il n'est plus, pauvres messagers,
Il n'est plus le temps où l'on aime!

Nous souffrons des douleurs sans nom ;
La honte a soufflé sur nos têtes,
Et nous n'avons plus d'autres fêtes
Que les grondements du canon !

Vous faisiez sourire naguère !
Qui de nous eût prédit jamais
Que vous seriez, oiseaux de paix,
Enrôlés pour la grande guerre ;

Qu'après l'amour et ses fadeurs,
Il vous faudrait, dans vos voyages,
Porter de plus graves messages
Que tous nos vieux ambassadeurs !

L'orgueil dont s'enivraient les hommes
Se sent-il assez châtié !
Votre instinct nous prend en pitié
Dans cette impuissance où nous sommes.

Deux millions de détenus
Attendent qu'un ramier réponde ;
Et la cité, reine du monde,
Demande : « Êtes vous revenus?. . »

Paris est le navire en butte
A l'écume de l'ouragan ;
Le col pris dans l'étroit carcan,
C'est le fier prisonnier qui lutte !

Parlez! Voit-on vers l'horizon
Blanchir les lignes de la rive?
Sait-on si notre frère arrive,
Prêt à forcer notre prison?

Parlez! La France est-elle en marche?
Son cœur au nôtre est-il uni?
Tenez-vous le rameau béni,
Comme la colombe de l'arche?

A nos captifs promettez-vous
La délivrance qu'on prépare?
Le flot du conquérant barbare
Va-t-il décroître autour de nous?

Parlez! Dans les bois, dans les plaines,
Sur les coteaux, le long des champs,
Avez-vous entendu les chants
Des légions républicaines?

Avez-vous vu leur pas hardi
Frapper le sol en longues files?
Vient-on des hameaux et des villes?
Vient-on du Nord et du Midi?...

On vient! Votre aile palpitante
Bat plus joyeuse au colombier!
Béni soit ce frêle papier,
Espoir d'une héroïque attente!

Votre vol est officiel :
C'est le salut qu'il nous annonce.
La France a dicté la réponse,
Et vous nous l'apportez du ciel!

(Vers récités au Théâtre-Français, pendant
le siège de Paris.)

LA VISITE AU FORT

(DÉCEMBRE 1870)

Avec son grand panier qui lui battait la hanche,
La bonne femme allait au fort chaque dimanche,
Et cheminait alerte à travers le faubourg :
Car jamais une mère a-t-elle trouvé lourd,
Fût-elle encor plus vieille et fût-elle moins forte,
Quand il est pour son fils, le fardeau qu'elle porte?
Que d'ingénus soucis pour l'enfant qu'elle aimait !
Que d'objets chaque fois l'humble osier renfermait,
Depuis les gros souliers faits pour braver la neige,
Jusqu'aux vivres que peut fournir la fin d'un siège !
Et, lorsqu'elle voyait, de loin, les yeux ravis,
Son brave enfant debout contre le pont-levis,
Elle pressait le pas, lui faisant mille signes
Pour l'attirer dehors, en dépit des consignes.

Et des cris, des baisers, et des récits sans fin !
Et puis les questions : « As-tu froid? As-tu faim?
As-tu gardé pour toi, pour toi seul, en cachette,
Quand je veux te gâter, les douceurs que j'achète?

LA VISITE AU FORT

J'entendais le canon des forts : s'est-on battu?
Et les précautions que tu sais, les prends-tu?
Quel rude hiver! As-tu bien chaud sous ta vareuse?
En travaillant pour toi, je suis moins malheureuse;
J'ajoute tous les jours quelque chose au panier;
Je me dis : « C'est pour lui! C'est pour mon prisonnier! »
Et l'on a beau compter sept jours à la semaine,
Moi, je n'en connais qu'un, celui qui me ramène! »

Elle continuait ainsi, l'interrogeant;
Et le soldat d'hier jouait au vieux sergent :
« Tout va bien. L'on s'y fait. Tiens-toi tranquille. En somme,
Il faut beaucoup de plomb pour vous abattre un homme!
Il me semble que j'ai toujours fait ce métier,
Et l'on te le rendra vivant, ton héritier! »

Ce jour-là, — l'on était en décembre, — la brume
Rendait le temps plus sombre encor que de coutume,
Et les chemins boueux qui s'en vont vers les forts
Étaient tristes comme est, l'hiver, le champ des morts!
Longeant les deux côtés des profondes ornières,
Des soldats en désordre, avec leurs cantinières,
Sordides, harassés, mornes, à moitié gris,
Et l'arme à volonté, retournaient dans Paris.
Un clairon sonnant faux, un fourgon d'ambulance
Lourdement cahoté, rompaient seuls le silence.
Les yeux vers le talus qui s'estompait là-bas,
La femme, sans rien voir ailleurs, hâtait le pas.

Aux approches du fort, où rentraient quelques troupes,
Un mouvement confus la surprit : dans des groupes,
Des soldats effarés, se plaignant sans raison,
Semaient dans les cerveaux ces bruits de trahison,
Les seuls qui font chez nous accepter les défaites!
Sur la route passaient au trot des estafettes;
Et, près du pont-levis que nul ne franchissait,
Plongeant l'œil dans les cours, la foule se pressait,
Anxieuse, farouche, avide de nouvelles.

La pauvre femme, en proie à des transes mortelles,
Courait : un coup soudain venait de l'émouvoir;
Car il avait suffi d'un seul regard pour voir
Que son fils n'était point à sa place ordinaire.
Elle se dirigea vers le factionnaire,
Brusque, poussant les gens, et n'ayant qu'un souci.
Il l'arrêta : « La mère, on n'entre pas ici. »

Cependant, autour d'elle, on parlait à voix haute :
« On les a mitraillés, et ce n'est pas leur faute!
— De ceux qui sont sortis avant le point du jour,
On ne saura jamais combien sont de retour!
— Ces enfants, le canon n'en fait qu'une bouchée! »

Elle écoutait, stupide et la langue séchée;
Puis, tout à coup : « Il faut que je passe!... — Non! non!
— Je veux.... Je viens pour voir mon fils. — Quel est son nom?»
Elle le dit, tremblante, et prononçant à peine;
Ajouta qu'il était Mobile de la Seine.

Dans telle compagnie et dans tel bataillon;
Du doigt, elle indiquait de loin le pavillon
Qu'il occupait, citant jusqu'à des camarades
Qu'elle lui connaissait, par leurs noms et leurs grades.

Quand le planton revint, disant : « Il est absent! »
Elle redit ce mot avec un tel accent,
Que l'autre, un vieux marin qui n'avait pas l'air tendre,
Se sentit un frisson au cœur, rien qu'à l'entendre.
Elle voulut parler : les sons ne venaient point.
Ainsi qu'une idiote adossée à son coin,
Tout le jour on la vit debout près de la porte.
Ses yeux disaient : « J'attends qu'il revienne, ou qu'il sorte! »
Rien, ni bruits du dehors, ni rumeurs dans les cours,
Ni la voix des clairons, ni celle des tambours,
Ni le flux et reflux des foules dispersées,
Ne la pouvaient tirer de ses vagues pensées.
La sentinelle vint tout à coup la troubler :
« Allons, la mère, au large! Il faut vous en aller!
Nous n'avez rien à faire ici : c'est inutile!
Allons! n'attendez pas qu'il pleuve un projectile!
— J'étais là pour mon fils.... — Vous reviendrez demain! »
Elle prit son panier, et se mit en chemin.
« Absent! » Elle n'osait sonder cette nouvelle.
Mille rêves confus dans sa faible cervelle
Passaient : l'espoir déçu, l'étonnement, l'effroi,
Même un regret naïf des présents sans emploi!
On devinait l'effort d'une secrète lutte;
Elle se retournait de minute en minute,

Pensant voir tout à coup la porte se rouvrir,
Et son fils, derrière elle, en grondant, accourir!
Lentement, elle fit deux cents pas sur la route.
Puis s'assit près du bord, prise d'un dernier doute.
Et l'âpre jour d'hiver était à son déclin.
Qu'on l'y voyait encore, avec son panier plein.

DÉFAILLANCE

(JANVIER 1871)

I

Ami, la France est là, de coups affreux meurtrie,
      Pâle, chancelante, aux abois ;
La sanglante marée inonde la patrie,
      Le loup du Nord court dans nos bois ;
Comme, jadis, le Hun, le Suève, le Vandale,
      Sous la capote du Prussien,
Sont venus : et la Seine a subi le scandale
      D'un drapeau qui n'est pas le sien !
L'étranger pille, il tue, il s'acharne, il saccage ;
      Sa marche creuse un long tombeau ;
Nous, comme le lion qui tourne dans sa cage,
      Nous voyons passer le troupeau !
Défense au paysan de protéger sa terre,
      Et de mordre dans son pain bis ;
Le toit qu'il s'est bâti, l'eau qui le désaltère.
      Ses chers meubles, ses chauds habits ;

Les bœufs qui ruminaient, montrant leurs larges têtes
  Le long de l'enclos familier;
Le vin vieux qui n'était tiré qu'aux grandes fêtes
  Des coins obscurs de son cellier :
Rien n'est à lui! La guerre implacable et brutale
  Met ses mains lourdes sur son bien;
S'il résiste au bandit galonné qui s'installe,
  On le fusille comme un chien!

O rage! Sous le pied des conquérants foulée,
  Tu survis à ta liberté,
France! Et le flot, roulant de vallée en vallée,
  Bat les murs de notre cité.
Heure terrible! Au loin, sans merci ni relâche,
  Le canon gronde avec grand bruit;
Nul ne voit l'ennemi mystérieux : sa tâche
  S'accomplit dans l'ombre, la nuit.
Il compte, jour par jour, nos forces épuisées,
  Avec un mépris souverain,
Et fait rugir au flanc des collines boisées
  Son monstrueux bétail d'airain.
Dehors, dedans, partout, sous les toits, dans les rues,
  Allumant de rouges éclairs,
Les bombes font courir, effrayantes et drues,
  Leur sillon de feu dans les airs;
Et le stupide engin que le mortier nous lance
  Frappe, écrase, hache en morceaux
Les blessés somnolents dans leurs lits d'ambulance,
  Et les enfants dans leurs berceaux!

II

Et tu viens évoquer l'Art et la Poésie !
  Tu viens, ami, comme autrefois,
Stimuler, en grondant, ma lente fantaisie
  Qui rue et se cabre à ta voix !
Tu réveilles l'essaim de nos fictions vaines,
  Quand la France, en proie aux larrons,
Fait couler, à longs flots, le pur sang de ses veines,
  Pour laver, du moins, ses affronts !
Et c'est toi qui me dis de retremper ma plume,
  Et de retourner à mes jeux,
De commander le calme à mon sang qui s'allume
  Au souffle des jours orageux ;
De mentir, sur la scène, avec des douleurs feintes,
  Quand nous avons ce deuil au cœur ;
Et d'essuyer déjà ces larmes — larmes saintes ! —
  Que nous arrache le vainqueur !
Et tu veux que mon âme à ce point se domine ;
  Que mon esprit soit libre assez
Pour oublier l'hiver, la lutte, la famine,
  Tant de morts et tant de blessés !
Et tu veux qu'à trois pas de l'affreux précipice,
  Je laboure en paix mes sillons ;
Que je dise à la Muse : « Allons ! l'heure est propice !
  Tandis qu'ils meurent, travaillons ! »

Je l'ai voulu pourtant : oui, j'ai fait violence
                A tout mon être révolté;
J'ai demandé l'oubli, j'ai créé le silence;
                Ce triste effort, je l'ai tenté!
Je ne peux pas! Mon âme indécise et troublée
                N'a plus ni force, ni chaleur!
Et je sens ma raison défaillir, accablée
                Sous l'ivresse de la douleur!
Je lui cherche un appui : je me cherche moi-même!
                Je ne vois qu'ombre autour de moi,
Et m'apprête aux horreurs de la lutte suprême
                Que je pressens avec effroi!

                            III

As-tu vu, recevant dans sa coque trouée
                Chaque flot du large accouru,
Au pied de la falaise une barque échouée,
                Dont l'équipage a disparu?
As-tu vu quelquefois, durant les soirs d'automne,
                Sous la grêle et sous l'ouragan,
Un de ces chariots rustiques, qu'abandonne
                En plein chaume le paysan?
En vain il a fouetté ses percherons : la terre
                Sous leurs sabots se creuse et fuit;
Nul secours ne lui vient dans ce champ solitaire
                Noyé des brumes de la nuit;

De ses muscles nerveux s'acharnant sur la roue,
    Il la dispute au sol mouvant,
Et la voit s'enfoncer dans le sillon de boue
    Qu'elle ouvre toujours plus avant.
Enfin, découragé, las d'efforts, il s'arrête,
    La pluie et la sueur au front;
L'horizon tout entier n'est plus qu'une tempête
    Dont les grands chênes trembleront!
Effrayé des éclats du vent qui siffle et gronde
    Sur les buissons échevelés,
Loin du fourgon penché dans l'ornière profonde,
    Il suit ses chevaux dételés;
Et seul, dans cette horreur sinistre et dans ce vide,
    Le char qu'il n'a pu délivrer
Détache, sur le fond hideux d'un ciel livide,
    Deux bras qui semblent implorer!

Et moi, je suis pareil au char sans attelage
    Que fait gémir le vent du Nord;
Pareil au bateau vide échoué sur la plage
    Sans gouvernail et loin du port!
J'aimais, je caressais les chères utopies
    Par qui s'éclaire l'avenir;
Rien ne me préparait à ces haines impies
    Que Dieu souffle pour nous punir;
J'avais accumulé dans ma pauvre pensée
    Tout un trésor dont j'étais fier :
Aux livres j'avais pris la sagesse passée;
    Au bonheur, mes rêves d'hier!

J'étais né pour la paix et les heures sereines,
        Pour le lac à peine terni
Par le sillage bleu que tracent les carènes
        ·Sur son miroir toujours uni :
Et le destin me jette aux ondes courroucées,
        Pleines d'écueils mystérieux;
Sur les bords inconnus des mers bouleversées
        Par les coups de vent furieux;
Et j'aperçois les flots, se frayant un passage,
        Envahir tout en un moment!
Et, devant nous, au lieu d'un riant paysage,
        La ruine et l'effondrement!

IV

Non, ne me dis plus rien! Non, tu n'es pas sincère!
        Tu le sais bien : je ne peux pas
Retrouver le repos profond et nécessaire,
        Quand le canon parle là-bas;
Je ne peux pas guérir mon âme endolorie
        Qui saigne de s'humilier :
Morts obscurs qui tombez au nom de la patrie,
        Je ne peux pas vous oublier!
Et toi, le peux-tu donc? Sans ivresse et sans fièvre,
        Même un seul jour, as-tu vécu?
N'as-tu pas, comme moi, dans le cœur, sur la lèvre,
        La rage folle du vaincu?

Laissons couler le temps, laissons l'espoir renaître
    Dans le secret de nos oublis;
Laissons l'herbe pousser et la fleur reparaître
    Sur tous nos morts ensevelis!
Nous secouerons plus tard ce poids que tu soulèves,
    Nous calmerons ce sang qui bout;
Nous renouerons le fil rompu de tous nos rêves,
    Plus tard, — si nous sommes debout!

LE CURÉ DE PLOUIZY

(DÉCEMBRE 1870)

Ah! le brave curé de Plouizy! L'histoire
Lui doit bien, en passant, une aumône de gloire!
Et le poète aussi, fidèle à nos revers,
Voudrait couler son nom dans le bronze des vers!

C'était aux sombres jours de la France abaissée,
Quand des nœuds du Germain, ville à ville, enlacée,
Elle se débattait, farouche, avec stupeur,
Et qu'aux bas-fonds de l'âme allait germer la peur.
Au prône, dans sa chaire, il monta le dimanche,
Et, grave, lentement, d'une voix forte et franche,
Il lut à ses Bretons, soldats improvisés,
Le décret appelant tous les « mobilisés »
Pour les derniers combats et le grand sacrifice.
Tout entier, le village, assemblé pour l'office,
Aux lèvres du vieillard était là suspendu.

« Hommes de Plouizy, vous l'avez entendu?
Ce n'est pas aux Bretons qu'on dicte leur conduite
N'attendez pas un jour! Il faut partir de suite!

Si, dimanche prochain, un seul homme, excepté
Ceux que retient leur âge ou leur infirmité,
Demeurait au pays, — pût-il même le faire, —
Je vous le jure ici, du haut de cette chaire,
Il en aura la honte, et, comme au pilori,
J'attacherai ce fils, ce frère ou ce mari!
Mais non; je vous connais, et n'ai point cette crainte :
Et vous partirez tous, sans regret et sans plainte;
Car vous avez appris par tous nos entretiens
Que l'austère devoir est doux à des chrétiens,
Que l'on n'hésite point quand la Patrie appelle,
Et que la mort, devant l'ennemi, devient belle!
Donc, vous allez partir, et vous n'attendrez pas!
Et maintenant, prions pour ceux qui sont là-bas! »

Le dimanche suivant, sur les vieux bancs de chêne,
Des femmes, des enfants, quelques vieillards à peine
Prenaient place, au moment où parut le doyen.
Il parcourut des yeux l'église, et dit : « C'est bien! »
Puis, sans un mot de plus, descendit de sa chaire.
Que sa mémoire, ô mes amis, vous reste chère,
Car il est des héros même loin du canon.

Ce curé s'appelait Richard : gardez son nom!

VISION

(DÉCEMBRE 1870)

I

J'ai vu, dans un rêve attristé,
Deux chaumières presque pareilles;
Et deux voix, dans l'obscurité,
Plaintives, frappaient mes oreilles.

Chaque logis était caché
Dans un de ces vallons prospères
D'où la guerre avait arraché
Bien des enfants et bien des pères.

C'était l'hiver : l'hiver accroît
Le souci des absents qu'on aime,
Quand l'âpre morsure du froid
S'attaque au blessé morne et blême!

La neige posait lentement
Ses flocons sur les branches mortes;
La bise au long gémissement
Pleurait par les fentes des portes;

Tous les chemins étaient déserts;
Les corbeaux, sous la brume dense,
Volaient par bandes, dans les airs,
Aux festins flairés à distance.

Les deux foyers se ressemblaient;
Et, devant le feu de broussailles,
Deux mères dont les doigts tremblaient,
Songeaient aux lointaines batailles.

L'angoisse étreignait ces deux cœurs
Sevré des caresses passées;
Le devoir, avec ses rigueurs
Troublait leurs naïves pensées;

Leur esprit voyageait là-bas :
Point de lettre qui les rassure!
Quand les enfants sont aux combats,
Pour les mères tout est blessure!

L'une disait — cris obstinés,
Navrants dans sa langue ou la nôtre : —
« Mein Kind!... mein Kind!... » — Vous comprenez?
« Mon fils!... mon fils!... » murmurait l'autre.

II

Et j'entendais, au même instant,
Sur un affreux champ de carnage,
Contre la souffrance luttant,
Gémir deux enfants du même âge.

C'était en hiver, et le soir;
Les canons venaient de se taire
Et, pêle-mêle, on pouvait voir
Français, Saxons couchés à terre.

La neige aussi couvrait les bois,
Vers tous ces pâles fronts chassée;
Un chœur de lamentables voix
Perçait la nuit sombre et glacée;

Les deux soldats se ressemblaient,
Mourant, quand il fait bon de vivre;
Et leurs pauvres membres tremblaient,
Bleuis par la bise ou le givre!

Ils sentaient, trop faibles tous deux,
Couler leur sang que rien n'étanche.
La bande des corbeaux hideux
Tournoyait sur la plaine blanche.

Ils s'éteignaient dans un ravin,
En proie aux angoisses dernières ;
Leurs yeux, de loin, suivaient en vain
La longue file des civières !

L'étrange réveil du passé,
Qui précède l'adieu suprême,
Évoquait pour chaque blessé
La vision de ce qu'il aime ;

Et tous deux, au moment sacré
Où la mort, en passant, vous touche,
Jetaient l'appel désespéré
Que les petits ont à la bouche :

L'un répétait — cris obstinés,
Navrants dans sa langue ou la nôtre : —
« Mutter !... Mutter !... » Vous comprenez ? —
« Maman !... Maman !... » murmurait l'autre.

L'OBUS

Ouvrant la brèche avec fracas
A travers l'épaisse muraille,
L'obus de ces derniers combats
A semé sa noire mitraille.

Monstre féroce et sans pitié,
Qui frappe sans choisir sa proie,
Il a fendu par la moitié
Ce logis qui fut notre joie!

Il a déchiré sur leurs gonds
Les ferrures des larges portes,
Labouré planchers et plafonds,
Crevé les parois les plus fortes;

Comme sous un toit foudroyé,
Il a, d'un choc épouvantable,
Percé, tordu, haché, broyé,
Le bois, le fer, le lit, la table;

Il a découpé par lambeaux,
Dans le vert tissu du poème,
Vos personnages les plus beaux,
Chers Aubussons fanés que j'aime!

Ravageant ces heureux cantons,
La fonte, aux cruelles morsures,
Hélas! à vos pauvres moutons
A fait d'incurables blessures!

Elle a, d'un coup, pulvérisé
Un trésor de frêles merveilles,
Venise, ton verre irisé,
Japon, tes laques non pareilles.

De ses éclats, stupidement,
Elle a pilé nos étagères,
Et rompu l'entretien charmant
Des Céladons et des bergères :

Du nid d'amour il n'est resté
Qu'un monceau d'informes épaves,
Affreux chaos, champ dévasté
Qui donne à rêver aux plus braves!

Ah! nous pouvons pleurer tous deux,
Dans la douleur universelle,
En foulant ces débris hideux
Qu'une rage aveugle amoncelle!

Les objets ont aussi leur deuil :
Il est cent choses familières
Dont l'aspect connu pour notre œil
Est pléin de grâces singulières!

Ta main soulevait ce rideau,
Pour sourire au songeur morose;
Tu versais quelques gouttes d'eau
Dans ce vase où s'ouvrait la rose;

Ce miroir fut un confident;
Ce cristal est une relique :
On leur accorde, en les perdant,
Un long regard mélancolique :

Parmi tout ce fouillis confus
Que le cœur seul peut reconnaître,
On cherche un passé qui n'est plus;
On dit : « Le verrons-nous renaître? »

Eh bien, que le ciel soit béni!
Il faut dompter cette faiblesse :
Aux oiseaux qu'importe le nid!
Qu'importe à l'âme ce qu'on laisse!

Nous avions pour ces vanités
Une tendresse trop frivole;
Nous aimions trop, enfants gâtés,
Ce qui brille et ce qui s'envole!

Va! Les mortiers et les canons
Ont leur langue qu'il faut comprendre :
Revenons, mon cœur, revenons
Aux biens qu'ils ne sauraient nous prendre.

En vain la machine de mort
À vomi ses éclats funestes ;
Elle a raison ; nous avions tort :
Car je suis là ; car tu me restes !

Nous nous retrouvons aujourd'hui,
Quelque foyer que soit le nôtre,
Toi mon soutien, moi ton appui,
Tous deux ensemble, et l'un pour l'autre !

CHANSON DE MORT

(JANVIER 1871)

« Mon père, où donc vas-tu? — Je vais
Demander une arme et me battre!
— Non, père! Autrefois, tu servais :
A notre tour les temps mauvais!
Nous sommes trois. — Nous serons quatre!

— Le jeune est mort : voici sa croix.
Retourne au logis, pauvre père!
La nuit vient, les matins sont froids.
Nous le vengerons, je l'espère!
Nous sommes deux. — Nous serons trois!

— Père, le sort nous est funeste,
Et ces combats sont hasardeux :
Un autre est mort. Mais, je l'atteste,
Tous seront vengés : car je reste!
Il suffit d'un. — Nous serons deux! »

Mes trois fils sont là, sous la terre,
Sans avoir eu même un linceul.
A toi ce sacrifice austère,
Patrie! Et moi, vieux volontaire,
Pour les venger, je serai seul!

AU PEINTRE HENRI REGNAULT

(Mort à 27 ans, à Buzenval, le 19 janvier 1871.)

I

Ils lui disaient : « Allons! Viens! Quittons cette place!
     Le clairon nous rallie en bas!
Contre ce mur d'airain que veux-tu que l'on fasse?
     Ils sont trop forts : on ne peut pas!
La retraite a sonné : rentrons! Sur cette pente
     Assez de morts dorment ce soir.
La brume est plus épaisse, et la boue est sanglante;
     Nous avons fait notre devoir! »
Mais lui, distrait et sombre, absorbé dans un rêve,
     A peine il entend ses amis.
« Partez! Laissez-moi seul, dit-il d'une voix brève;
     Je reviendrai : je l'ai promis.... »
Il sent bondir en lui le cœur de la patrie,
     Et dans ses veines le sang bout.
Résolu, sans bravade et sans forfanterie,
     Il veut demeurer jusqu'au bout
La rage sourde emplit son âme généreuse;
     Un vague éclair sort de ses yeux;

Et, pressant son fusil d'une étreinte fiévreuse,
    Il s'écarte silencieux
Lentement il gravit la pelouse, et farouche,
    Sondant la profondeur des bois,
Il saisit à regret sa dernière cartouche,
    Pour tirer encore une fois.
Ils l'appellent en vain : leurs voix jeunes et franches
    Se perdent le long du chemin ;
Les balles ont sifflé de nouveau dans les branches :
    Quelqu'un manquait le lendemain !

II

Quelqu'un !... Le plomb stupide et la mitraille infâme
    Pourraient faucher un siècle encor,
Avant de nous ravir deux fois une telle âme,
    Et deux fois un pareil trésor !
Qui que tu sois, posté derrière un tronc de chêne,
    Ou qu'un mur crénelé masquait,
Vainqueur obscur, qui tins une minute à peine
    Sa tête au bout de ton mousquet ;
Toi qui n'auras été qu'une inepte matière,
    Un aveugle instrument de mort,
Sans quoi l'éternité — sache-le — tout entière
    Serait trop peu pour ton remords ;
Maudit sois-tu, soldat, toi, ton peuple, et la guerre,
    Et ton vieux roi tout le premier,
Puisqu'il n'aura fallu qu'un paysan vulgaire,
    Fils de l'étable et du fumier,

Quelque bouvier pétri pour les œuvres serviles,
      Marchant sous la crosse et les coups,
Un balayeur peut-être échappé de nos villes,
      Encor puant de nos égouts;
Pour trouer au hasard, bêtement, cette face,
      Comme par un défi moqueur;
Pour trancher dans sa sève abondante et vivace
      Tout ce génie et tout ce cœur;
Étouffer à son aube une lueur si pure,
      Éteindre un tel rayonnement,
Que la France mourante en ressent la blessure
      Jusque dans cet écroulement!
Sais-tu ce que ton doigt, lâchant cette détente,
      A frappé dans l'ombre? Sais-tu
Ce que ta main détruit de poésie ardente,
      D'intelligence et de vertu?
Ah! soyez donc de ceux que Dieu choisit lui-même,
      Et qu'il a marqués de son sceau;
Que l'artiste charmé vous admire et vous aime;
      Rendez fameux votre pinceau;
Soyez plus qu'un espoir et plus qu'une promesse;
      Ayez la force et la beauté,
Ayez toute la grâce et toute la jeunesse,
      Et tout l'avenir enchanté,
Pour qu'un soir suffise à la brutale envie
      D'un goujat qui sait son métier,
De faire feu : du coup il supprime une vie
      Qui va manquer au monde entier!
Pauvre enfant, il rêvait encor la délivrance;

Nos vœux brûlants étaient les siens ;
Et voilà pour adieu ce que te laisse, ô France,
Le dernier plomb de ces Prussiens !

III

Oh ! qu'il fut triste et noir, le jour des funérailles !
Va, tu fais bien d'être endormi :
C'était l'heure où la faim désarmait nos murailles,
Et nous courbait sous l'ennemi !
Paris était venu, près de ta fiancée,
Au grave et sombre rendez-vous :
Chaque regard cachait une morne pensée
Faite de honte et de courroux.
Tous, les jeunes, les vieux, dans la foi, dans le doute,
Nous méditions, le cœur navré ;
Et le *De profundis* qui montait vers la voûte
Jamais n'avait ainsi pleuré :
Car, en couvant des yeux cette bière drapée,
Nous conduisions un autre deuil ;
La Patrie avec toi, du même coup frappée,
Dormait aussi dans ton cercueil !

(Vers récités au Théâtre-Français,
le 27 janvier 1871.)

SAMSON

(FÉVRIER 1871)

Tel qu'autrefois Samson, cher pays, te voilà
Les poings liés, le dos voûté, la tête rase!
Tu rugis désarmé sous le pied qui t'écrase,
Et la Prusse te raille, horrible Dalila!

Tes muscles sont sans force, et ta rage débile
Mord la corde enroulée à ton robuste flanc.
Strasbourg et Metz n'ont plus que des larmes de sang,
Comme deux yeux crevés sur ta face immobile!

Le fer a fait tomber, cruel et sans remords,
L'Alsace, ta puissante et blonde chevelure;
Et, tandis que ton front se courbe sous l'injure,
Les Philistins ont dit : « Nous sommes les plus forts! »

Pour payer ta rançon, tourne ta meule et sue!
Réponds au rire épais par un gémissement!
Bois ta honte à longs traits, et nourris sourdement
Ta colère, à qui Dieu saura faire une issue!

Patience! Ton cœur, d'où déborde l'affront,
Prépare sa vengeance et médite un exemple.
Dagon verra crouler les piliers de son temple;
Patience, vaincu : tes cheveux pousseront!..

LE CODICILLE DE MAITRE MOSER

(1873)

« Eh bien, maître Moser, on ne va donc pas mieux?... »

Le vieillard reconnut la voix, ouvrit les yeux,
Et sourit. Il voyait ses amis du village,
Ceux que le sol avait enchaînés, ceux que l'âge
Avait soumis de force au major Allemand,
Mais qu'on savait toujours Français — mentalement.
Ils venaient partager une suprême étreinte
Avec l'aîné d'entre eux, une âme droite et sainte,
— Un homme enfin, — le seul de son nom qui restât :
Son dernier fils, sous Metz, étant mort en soldat.

— « Bon! dit-il, vous voulez que ce vieux corps guérisse?
Depuis mil huit cent trois, je n'ai plus de nourrice;
Et j'ai, depuis dix ans, connu de tels chagrins,
Que ce n'est pas l'adieu ni la mort que je crains.
Soyez les bienvenus. Causons. J'en ai la force :
Il court un peu de sève encore sous l'écorce.
Ne pouvant plus agir, je puis du moins parler,
Et régler le départ avant de m'en aller. »

Redressé dans son lit et reprenant haleine,
Il leur tendit les mains sous son tricot de laine,
Et dit : « Vous êtes tous ici des amis sûrs?
On peut parler d'espoir sans redouter les murs?
En fait de testament, chacun a sa manière;
Je veux vous confier ma volonté dernière :
Puis-je compter sur vous? » Tous, d'un geste empressé,
— Comme autant de soldats, autour d'un chef blessé,
Recueillent gravement les ordres de sa bouche, —
Ils en firent serment, groupés près de sa couche.
D'ailleurs, ce n'était pas encor pour aujourd'hui;
La récolte d'automne avait besoin de lui;
Il vivrait! Le vieillard, triste, hocha la tête :
« Pour les choses d'argent la paperasse est prête;
Ce n'est pas de cela qu'il s'agit. Mes neveux
Sont en France : ils auront mon bien. — Si tu le veux,
Moser, — nos bras sont forts et nos volontés promptes, —
Nous soignerons tes champs, nous réglerons tes comptes :
Puis, nous te bâtirons une tombe à ton gré :
On y lira pourquoi tu n'as pas émigré,
Après tes enfants morts et l'Alsace perdue,
Et la France par toi jusqu'au bout défendue.
Sont-ce là tes désirs?... — Non, mes amis; merci!
De ces misères-là n'ayez point de souci.
Je veux être couché dans un coin de la terre,
Et rien de plus; mon nom tracé, sans commentaire;
Pas de fleurs sur le sol qui doit me recouvrir :
Le tombeau des vaincus n'est pas fait pour fleurir!
Mais voici... » — reprit-il, se faisant violence

Pour maîtriser son cœur, dans le profond silence : —
« Plus d'un me survivra parmi vous, et longtemps ;
Il en est qui vivront cinq ans, dix ans, vingt ans,
Et plus! Ceux-là verront la fin de ce martyre,
Ce que vous savez bien, ce qu'on ne peut pas dire,
Ce que nous rêvons tous dans nos nuits sans sommeil ;
Ils verront, un matin, se lever ce soleil,
Et des Vosges au Rhin resplendir sa lumière!
Or, écoutez-moi bien. Je veux que, vers la pierre
Sous laquelle bientôt vous coucherez mon corps,
Ceux que je vois ici, ceux qui vivront alors,
Quels que soient la saison, le temps, le jour et l'heure,
Sans tarder d'un moment, laissant là leur demeure,
Accourent haletants ; puis, l'aîné d'entre vous,
— Peut-être il sera seul! — se mettant à genoux,
Sur mon petit tombeau se penchera, s'il m'aime ;
Et, des lèvres, pressant la terre à l'endroit même
Où posera ma tête, et m'appelant trois fois :
« Moser! » de tout son cœur, de sa plus forte voix,
Sans me raconter rien, et sans phrase banale,
Sans comment ni pourquoi, sur la crise finale,
Soulevant d'un seul cri le poids qui m'étouffait,
Me dira simplement : « Moser! Moser! c'est fait! »

LIBÉRATION

(1873)

Ils sont partis. La dette effroyable est soldée.
O vous qui, les derniers, avez subi leur loi.
Ne vous dégradez point : votre rage fondée
Saura se réserver pour un meilleur emploi.

« Enfin ! » ce cri suffit à toute âme française
Vous pouvez le pousser à la face de Dieu,
Et n'avez pas besoin, pour respirer à l'aise,
D'en commenter le sens dans un brutal adieu !

Toute ivresse irait mal à cette délivrance.
Vos chants seraient cruels, et vous devez songer
Qu'ils pourraient les entendre, à deux pas de la France,
Ceux qui ne peuvent plus, hélas ! les partager !

Oh ! ne permettez rien qui ne soit digne d'elle ;
De vos émotions elle a sa large part,
Mais non pour se donner, dans sa douleur fidèle,
Le stérile plaisir d'insulter au départ ;

Il faut un bonheur grave après l'épreuve austère :
L'oubli serait heureux, l'orgueil serait suspect.
Parlez un tel langage, en baisant cette terre,
Que le vainqueur lui-même en garde du respect.

Joie ou deuil, notre cœur doit contraindre ses haines :
Après ces grands revers, il reste un autre soin.
Silence ! — Ni chansons, ni paroles hautaines :
Car hier est trop près, — et demain est trop loin !

LE DERNIER DÉLAI[1]

(1873)

Les délais sont passés, voici le dernier jour!
Le livre des adieux se ferme sans retour.
Sur la feuille d'exil que le vainqueur va clore,
L'âme des indécis s'attarde et rêve encore;
Et ceux qui sont restés, auront pu, jusqu'au soir,
A l'heure qui s'enfuit, disputer leur devoir.
Hâtez-vous! La valise attend, — ou la besace!

Dans un humble logis d'un village d'Alsace, ·
Morne, le front penché sur la couche et pleurant,
Une femme est assise au chevet d'un mourant.
Le mari, dévoré par une lente fièvre,
Voudrait parler; elle est suspendue à sa lèvre,
Et suit avec effroi, la main pressant la main,
Les battements du cœur qui cesseront demain.
Pauvre homme! Son histoire est simple : il fallait vivre!
Émigrer, quand le pain coûte cinq sous la livre.

---

1. Il s'agit du délai accordé aux Alsaciens-Lorrains pour opter entre la France et la Prusse. Ces vers ont été récités à la *Fête de l'Arbre de Noël* de 1873, au Trocadéro.

Et qu'un enfant va naître, et qu'on est sans métier !
Car que peut faire ailleurs un garde forestier ?
Puis, on aime ces bois qu'on arpente à toute heure,
Où l'arbre est un ami, la hutte une demeure.
On plonge au tiroir vide un regard attristé ;
On voit le vieux fusil qui repose à côté :
On reste ! — Après la paix n'a-t-on pas une année ?
Mais, un soir de septembre, ayant fait sa tournée,
Un frisson le saisit. Il gagna la maison,
Prit le lit : or le mal était sans guérison.
Il avait oublié qu'il ne faut pas attendre,
Et que la mort nous guette et cherche à nous surprendre,
Sans laisser à ceux-ci l'heure du repentir,
A ceux-là le délai qui permet de partir !

Il ouvre deux grands yeux, s'agite, se soulève,
Comme s'il eût voulu chasser un affreux rêve ;
Il fixe sur sa femme un regard douloureux
Dont le rapide échange a des secrets pour eux ;
Et, d'un suprême effort, il s'explique à voix basse :
« Tu vois, femme, j'ai trop ajourné : le temps passe !
Dieu me pardonne-t-il de n'avoir pas opté ?
J'ai péché par faiblesse, et non par lâcheté.
Toi, ne perds pas un jour après mes funérailles :
Car je veux que l'enfant, libre dans tes entrailles,
Naisse au pays français, loin des yeux ennemis !
Songe bien que j'y compte, et que tu l'as promis.
Tu peux seule apaiser le remords que j'emporte ;
Je n'ai pas accompli mon devoir : sois plus forte !

O noble femme! elle est, depuis l'aube, en chemin;
Pâle, pressant le pas, un paquet dans la main,
Elle va devant elle, énergique et souffrante;
Quoi qu'elle puisse voir, à tout indifférente,
L'esprit, de loin, tourné vers un but inconnu!

Ni la pente escarpée au flanc du granit nu,
Ni le soleil dardant sur chaque grain de pierre
Un rayon dont la flamme aveugle la paupière,
Ni les ravins qu'il faut franchir, ni les sentiers
Qu'à peine braveraient les gardes forestiers,
Ni le pâtis glissant, ni le roc, ni la ronce,
Ni l'horreur des grands pins où la route s'enfonce,
Ni le sol incertain des bois marécageux,
Ni le terme fuyant, ni le soir orageux,
Rien ne l'arrête! Elle a son espoir et sa tâche;
Elle sent qu'il est temps; elle va sans relâche,
Tremblante d'être vue; elle a soif, elle a faim :
Partout la solitude et les Vosges sans fin!

Au sortir des forêts est un premier village;
Deux bûcherons, guidant un rustique attelage,
Suivaient un chemin creux. Elle, timidement :
« Mes amis, est-ce encore un village Allemand?...
— Oui, dit un des vieillards, d'une voix sourde et triste.
Vous paraissez souffrir : que le ciel vous assiste!
— Et la France, est-ce loin?... — Il vous faut bien marcher
Trois heures pour le moins; le mieux est de coucher,
Cette nuit, au hameau; l'auberge est un bon gîte :

Nous y passons.... »

        Mais elle, aux premiers mots les quitte,
Et, d'un pas plus rapide, elle part en avant.

Le crépuscule est terne et livide; le vent
Soulève la poussière et présage la pluie.
Elle sent son fardeau qui lui pèse; elle essuie,
De ses doigts enfiévrés, l'eau qui perle à son front.

Ah! l'on vous redira dans les temps qui viendront,
Héroïques récits de ces obscurs courages,
Et comment la Patrie, à ses lointains mirages,
Sous le regard jaloux des reîtres triomphants,
Par delà la frontière attirait ses enfants!
Trois heures! longue étape, y peut-elle suffire?
L'orage est déchaîné, le chemin devient pire;
Elle gravit la côte immense et la descend;
Une bourgade encore est sur l'autre versant :
Elle y va, haletant, pas à pas, jusqu'au faîte.
Mais la ligne des bois, où son regard s'arrête,
De ses brumeux remparts cerne tout l'horizon!
Cette fois, elle tombe enfin sur le gazon,
A bout de forces, en pleurs, sombre et découragée!
Aux paysans distraits qui l'ont interrogée
Elle ne dit qu'un mot : « La France!... Est-ce bien loin?...
— Par la traverse, une heure.... » Elle ne reste point
Assise, elle reprend sa course, et, résolue,
Comme une bête fauve, elle échappe à leur vue.

Dès qu'elle voit dans l'ombre un passant, elle y court :
« Pour arriver en France, est-ce là le plus court?... »
Elle écoute, et repart; et, tandis qu'on s'étonne,

Elle n'a qu'un refrain farouche et monotone :
« La frontière?... »
            Là-bas enfin, près du coteau,
Des masures, un pont, une borne, un poteau :
C'est la France! Vas-tu mourir, ô digne femme?...
Est-ce un effort stérile? — « Allons, ferme, mon âme!
C'est le terme! » dit-elle. Elle se traîne encor;
Elle a passé la borne, elle a touché le port;
Une maison est proche : elle frappe à la porte,
Et tombe, inerte et froide. On s'empresse, on l'emporte,
On la sauve!

        Elle reste ainsi jusqu'au matin.
Et, comme elle entr'ouvrait ses yeux voilés, soudain
Un faible cri d'enfant arrive à son oreille.
Elle écoute, et tressaille, et revit, et s'éveille!
Une voix dit : « Un fils!
           — O Dieu, tu m'exauçais!
Sois loué! C'est un fils! dit-elle. Il est Français! »

« GERMANIA »

(1876)

Le Havre.

Le sémaphore a mis ses bras en mouvement :
Le port signale au large un navire allemand,
En charge de Hambourg, et qui vient faire escale.
Dans ses deux entreponts, et jusqu'à fond de cale,
Sont pressés, comme un vil troupeau, sur quatre rangs,
— Vous l'avez deviné déjà? — des émigrants.
La misère a besoin d'un espoir chimérique :
Ils vont vers l'inconnu sans bornes, l'Amérique,
Vers le sphinx colossal qui les attire à lui.

Mais ces vainqueurs d'hier, sans patrie aujourd'hui,
N'ont qu'un désir farouche et dur, dans leur souffrance
Voir le pays vaincu, voir un instant la France;
Fouler ce sol, lancer des regards triomphants
Sur ce peuple blessé, — qui garde ses enfants;
D'un souvenir hautain rappeler sa faiblesse,
Admirer ce qu'on hait, convoiter ce qu'on laisse;
Le voir enfin, dût-on sentir, à son aspect,
Un mélange d'orgueil, de honte et de respect.

A l'horizon bientôt le ruban de fumée
Se rapproche, et, parmi la foule renfermée
Dans les flancs du navire énorme, et frémissant,
La nouvelle a couru : « La France ! On y descend ! »
Alors on vit s'ouvrir la noire fourmilière :
En dépit du tangage, à l'avant, à l'arrière,
Douze cents passagers se massent sur le pont ;
A de lointains signaux la manœuvre répond ;
Jeunes, vieux, femmes, tous, interrogeant l'espace,
Dévorent à l'envi la falaise qui passe,
Et la terre où, par eux, sept mois le sang coula,
Pour dire, en outrageant le passé : « La voilà ! »

Mais, tout à coup, pareille à l'orageuse nue,
Une brume de mer vers la côte est venue,
Opaque, s'abattant sur les flots et le port,
A l'heure où le canot met un pilote à bord.
Dans cette humidité pénétrante et sans pluie,
L'air prend les tons fumeux et fauves de la suie ;
Tout disparaît : un voile hostile et ténébreux
Efface les contours et s'épaissit sur eux :
C'est le vide et l'horreur. Sur les caps qu'ils dominent,
Avec des feux pâlis les phares s'illuminent.
On est déjà trop près des bas-fonds pour ancrer :
La mer est dans son plein : alerte ! Il faut entrer !
Et, tandis qu'en sa tour la trompette marine
Gémit, bouche tragique et profonde poitrine,
Lentement le vaisseau, semblable au criminel,
S'avance dans la nuit, comme en un noir tunnel ;

Entre les bras ouverts que le port lui présente,
Il pousse, de profil, sa carène pesante,
Et ses deux grands tuyaux, vaguement ébauchés
Dans la nuée obscure où ses mâts sont cachés ;
Et l'on entend grincer l'hélice et les cordages,
Et ronfler la vapeur pour d'obscurs abordages.

Sur le pont, la cohue ouvre les yeux en vain !
Morne comme l'exil, hâve comme la faim,
Elle sonde, obstinée en sa froide colère,
Le jour qui s'est enfui, la nuit que rien n'éclaire :
On dirait que l'abîme autour d'elle s'est fait.
Les plus anciens marins de la côte, en effet,
Ne se souviennent pas d'une brume si sombre,
Ni d'un navire au port ainsi bloqué par l'ombre !

Venu le soir, il est parti le lendemain,
Ayant à bord gardé son chargement humain,
Soumis au règlement, parqué, comme en capture,
Le long du quai désert où nul ne s'aventure,
Où de jaunes lueurs vacillent à vingt pas,
Et qu'on sait à portée, — et que l'on ne voit pas !

Avec le petit jour et la haute-marée,
La vision sortit, comme elle était entrée,
Dans le brouillard, au son lamentable et perçant
De la trompe marine, au large avertissant.
Un rayon de soleil, échauffant la nuée,
Eût suffi pour chasser la livide buée,

Et montrer dans l'azur l'éblouissant décor
Du rivage, et les fonds plus merveilleux encor ;
Les mille mâts dressés dans la clarté vermeille,
Les grands quais où s'agite un peuple qui s'éveille,
Et toi, Seine, qui viens de la tête et du cœur,
Et le commerce immense, et le travail vainqueur,
Et ce fourmillement des hommes et des choses,
Et la France féconde en ses métamorphoses !

Mais non ! Même au départ, ce tableau s'est voilé :
Rien n'a paru, rien n'a brillé, rien n'a parlé.
La cité, se drapant dans un linceul de brume,
N'a livré de son port, que la boue et l'écume,
Et le flot souffletant la jetée avec bruit.

Ils voulaient voir la France : ils n'ont vu que la nuit.

LA FRONTIÈRE

(1877)

Vers la crête des bois où le sentier serpente,
Lentement tous les deux nous montions une pente,
Le guide et moi. Malgré le matin vaporeux,
Dont la brume cendrait les lointains vigoureux,
Les sommets, par instants, semblaient rompre les nues :
J'admirais. Dans ce coin des Vosges inconnues,
Tout est surprise et charme inattendu. Mes yeux
Plongeaient dans ces vallons frais et silencieux,
Où le mélèze vert pousse dans le grès rose,
Et que de vingt réseaux cachés la source arrose.

« Vous aurez mieux plus loin ! dit l'homme, en me montrant,
Au delà d'un pin mort couché sur un torrent,
Un plateau de rochers moussus formant terrasse.
Nous nous reposerons une heure à cette place.
Le poste est à côté. » Puis, aussi simplement :
« Nous serons, pour bien voir, en pays Allemand. »
Ce ruisseau-là, c'était la nouvelle frontière :
Et l'on apercevait là-haut l'Alsace entière !

Je m'arrêtai, cloué sur le roc, sans parler,
Et je sentis mes yeux de larmes se voiler.
Je ne me croyais pas aussi près! Mes pensées
Se remuaient en moi, fortes et courroucées.
L'Alsace! Je n'avais qu'à faire trois cents pas,
Pour la voir jusqu'au Rhin. — Eh bien, je ne peux pas!
Je te connaîtrai donc, supplice de Tantale!
Je ne franchirai pas cette ligne fatale :
Je ne l'ai pas voulu jusqu'ici. Le devoir
Est de songer toujours à ce sol, sans le voir!
Ici doit s'arrêter, pour un culte plus triste,
La curiosité frivole du touriste;
Et c'est assez qu'un nom fasse saigner le cœur,
Sans qu'on aille chercher le casque du vainqueur.
Si ce guide banal, avec indifférence,
Dans un verre Prussien boit notre vin de France,
Oubliant qu'à sa chair on a pris un morceau,
Libre à lui! C'est du sang qui court dans ce ruisseau!

Mon esprit aussitôt se livrant à son rêve,
Je crus saisir au loin, comme un vent qui se lève,
Des bruits confus de pas, des roulements de chars,
Les coups de feu pressés des francs-tireurs épars,
Et le râle des morts dans la paix matinale.
Comme dans la ballade, une chasse infernale,
Effrayant les rochers pareils à des manoirs,
Passait et repassait sous les grands sapins noirs.

Et j'écoutais les bruits que je croyais entendre.
L'homme s'était assis, peut-être sans comprendre.

A la fin : « Venez-vous? Ou restez-vous en bas?
Reprit-il. — Retournons, dis-je; je n'irai pas! »
Et tel, parlant ainsi, s'expliquait mon visage,
Tel mon geste, écartant le cruel paysage,
Tel l'accent douloureux et strident de ma voix,
Qu'il ouvrit de grands yeux, — et comprit cette fois.

VILLÉGIATURE

(1878)

L'été s'achève : allons! En route!
C'est le bon temps pour voyager.
L'esprit, aux champs, a moins de doute;
Aux champs, le cœur est plus léger!
Que de fois, coteaux de la Loire,
Vers vous mon rêve s'envola!
Mais j'ai donc perdu la mémoire?...
Les Prussiens ont passé par là!

J'étais venu, de site en site,
Chercher les souvenirs heureux :
Dans ce grand calme tout m'irrite;
Chaque brin d'herbe est douloureux.
Pourtant la nature est la même :
Mais jamais rien ne la troubla!
C'est moi qui pleure ce que j'aime!
Les Prussiens ont chevauché là!

Qu'il me plaisait, ce gai village,
Et son rideau de peupliers
Dont les vieillards ignoraient l'âge,
Et ses chaumes hospitaliers!
Pour m'y fêter la vieille hôtesse
Eût mis la nappe de gala!
Son vin redoubla ma tristesse :
Les Prussiens se sont grisés là!

Au-dessus des fermes rustiques
J'aperçois, montant dans l'azur,
L'église aux contreforts gothiques
Dont l'obus a troué le mur!
J'arpentais gaîment cette gare :
Prise d'assaut, on la brûla;
L'officier fumait son cigare :
Les Prussiens ont fusillé là!

Mornes chemins! Navrant voyage
A travers prés, vignes et bois!
Oh! le ravissant paysage
Qui me transportait autrefois!
Pourquoi donc cette différence?
C'est qu'ici notre sang coula :
Baisse les yeux, ma pauvre France!
Les Prussiens nous ont vaincus là!

Sur ces plaines que je traverse
Vous tous qu'a frappés l'Allemand,
Laboureurs ramenant la herse,
Vignerons nouant le sarment,
Dans le sillon, dans la demeure,
Au sol où leur canon roula,
Murmurez, en attendant l'heure,
Les Prussiens ont passé par là!

ANNIVERSAIRE

(Fragment des vers récités, pendant l'Exposition universelle de 1878, à la
fête de l'Arbre de Noël des Alsaciens-Lorrains, au Trocadéro.)

La France, s'éveillant ce matin, entendit
Une voix pénétrante et claire qui lui dit :
« France, réjouis-toi : tu le peux, cette année :
Le sort est conjuré : l'épreuve est terminée.
Après la guerre, après la honte, après la nuit,
Ta lumière rayonne et ton astre reluit.
Dépouille. — il en est temps, — la robe douloureuse!
Assez de deuil! Sois fière aujourd'hui, sois heureuse :
Car jamais l'étranger, dans sa froide raison,
N'aurait imaginé plus prompte guérison.
Ni prévu, te jugeant débile et résignée,
Une vigueur pareille, après cette saignée!
Poursuis ta destinée en pleine liberté.
Ordre, travail, honneur, richesse, dignité,
Tous ces biens qu'on t'avait ravis, tu les retrouves!
Tu dis : « Je suis la France encore! » Et tu le prouves;
Et l'ombre qui voilait ton front fuit loin de toi.
Les peuples étonnés, — ceux dont tu fus l'effroi,

Ceux dont tu fus l'appui, ceux dont tu fus l'envie, —
A te voir d'un tel pas retourner à la vie,
Reconnaissant ta sève et ton sang généreux,
Sentent confusément que tu grandis pour eux.
Tu n'as plus à lutter, tu n'as plus à proscrire :
Souris ! Tout l'univers te sait gré de sourire ! »

Et la France à la Voix répondit : « Je ne puis !
Je sais ce que j'ai fait; je sais ce que je suis;
Je doutais de moi-même et ployais sous l'outrage :
Oui, je me suis levée et j'ai repris courage;
Oui, j'ai fait travailler mon corps et mon cerveau;
Aux bords que j'arrosais j'ai repris mon niveau;
Et, provoquant les bras à la tâche féconde,
Au banquet de la paix j'ai convié le monde !
Les sillons sont partout rouverts, et nous semons.
L'air libre des sommets dilate mes poumons :
— Car la Liberté, calme et pure, est une cime! —
Oui, j'ai vaincu la haine et j'ai forcé l'estime.
Mais, pour sourire ici, j'ai trop pleuré là-bas;
Et, quant à dépouiller mon deuil, — n'y comptez pas!
Une part de ma chair dans la tombe est scellée :
L'Alsace ne veut pas que je sois consolée;
La Lorraine me dit : « Ma mère, pense à nous! »
Oui, j'ai des fils vaillants et forts, graves et doux,
Qui, prodiguant l'amour à ma tendresse avide,
Se serrent au foyer pour y masquer un vide!
Mais il est des regrets que nul baiser n'endort :
O mes amis vivants, je songe à l'enfant mort!

Quelle femme au tombeau de son fils s'accoutume?
Toute mère l'a dit, ce mot plein d'amertume,
Au plus profond du cœur vainement comprimé :
« Celui que j'ai perdu, c'était le plus aimé. »

. . . .

FRANCE!

(FRAGMENT)

Ah! beau pays de France! Ah! Ciel béni! culture
Plantureuse, riante et robuste nature;
Moissons, vignes et prés; rivières dont les eaux
Promènent au soleil leurs sinueux réseaux;
Gais villages dressant, le long de nos vallées,
Vos petits clochers gris aux flèches effilées;
Routes qui pénétrez jusqu'aux derniers hameaux;
Grands bois qui dans la nue élevez vos rameaux,
Et, bravant la cognée et les coupes prochaines,
Défendez contre nous la majesté des chênes;
Cimes des monts neigeux, beaux lacs, volcans éteints;
Falaises et rochers dont les phares lointains
Parlent à l'Océan la langue de lumière;
Greniers remplis, vergers aimés de la fermière;
Chaumes où l'ouvrier des champs, grave et sans bruit,
Fait son labeur sacré, seul, de l'aube à la nuit;
Opulentes cités, des grands fleuves voisines;
Quais et ports; ateliers où rien ne chôme; usines
Où la matière en feu, hors du moule grossier,
Change sa fonte brute en indomptable acier;
Fournaises de l'esprit, où, sans cesse versée,
Pour la Science et l'Art s'épure la pensée;

Où, du foyer brûlant jusqu'aux extrémités,
La flamme du travail forge les volontés;
Ah! terre merveilleuse, ah! beau pays de France,
Dont le nom dit : « Franchise », et l'histoire « Espérance »!
Est-il vrai, — comme ailleurs on ose l'affirmer, —
Que ton heure est passée, et qu'on peut le fermer
Le livre où l'univers puisait sa foi virile?
Que ton génie, en proie aux partis, est stérile?
Que tu ne cherches plus, indifférente au droit,
Le chemin de l'honneur, dès qu'il est trop étroit?
Que tu n'opposes rien au courant qui t'entraîne;
Et que mœurs et devoirs, et raison souveraine,
Et bon sens populaire, et saine loyauté,
Tout ce qui fut hier ta force et ta fierté,
Dans l'appauvrissement d'une lente anémie,
Ne sera bientôt plus, pour l'Europe ennemie,
Dont on entend déjà les rires insultants,
Qu'un souvenir, pareil aux ruines du temps?

Ah! France, pour risquer ces paroles altières,
Pour blasphémer ainsi par delà les frontières,
Il faut n'avoir vu, rien qu'en les traversant,
Ce que ta vieille terre en elle a de puissant:
Et n'avoir pas compris, aux sillons qu'on y trace,
Quelle sève a le sol et quels muscles la race;
Et n'avoir pas senti, quand on pressait ton cœur,
Tout ce que tu gardais en réserve au vainqueur!

LE GRAND OCTOGÉNAIRE [1]

(1802-1882)

I

A VICTOR HUGO.

« Ce siècle avait deux ans.... » La loi mystérieuse
Qui choisit le sillon où germera l'esprit
Voulut, ô Besançon, te faire glorieuse,
Et pour ce grand berceau ce fut toi qu'elle prit.

Aux fentes du rocher tomba la graine obscure
Que le vent de l'orage emportait dans son sein :
Et l'heure où s'éveilla la frêle créature
Sonna comme pour tous, au lieu d'être un tocsin !

Et, tandis qu'hésitait au seuil l'être débile,
Sans doute épouvanté du poids à soutenir,
On entendit, la nuit, comme un chant de sibylle,
La strophe prophétique évoquer l'avenir :

1. Vers récités chez Victor Hugo et au théâtre, à l'occasion de la quatre-vingtième année du poète.

II

« Enfant, qui n'as, à ta naissance,
Ni force, ni regard, ni voix,
Nulle voix n'aura ta puissance,
Nul ne verra ce que tu vois !
Dans le passé jetant la sonde,
Tu feras jaillir le vieux monde
Des abîmes de ton cerveau ;
Devant toi regardant sans trêve,
Tu feras surgir de ton rêve
Les plages d'un monde nouveau !

« Tu chanteras : tu seras l'âme
Et l'orchestre d'un siècle entier !
Hors de l'ornière qui réclame
Ton char luttera sans quartier.
Par toi fondue et reforgée,
Et dans ses sources replongée,
Pour le plus merveilleux écrin,
La poésie éblouissante
Dans ta fournaise incandescente
Fera bondir l'or et l'airain !

« Pour créer ton vaste génie
J'ai pris aux cimes leur grandeur,
J'ai pris aux flots leur harmonie,
J'ai pris aux bois leur profondeur !

J'ai pris ses colères à Dante,
A Shakspeare son âme ardente,
A Corneille ses fiers dédains,
A Memphis ses granits énormes,
A la Grèce toutes ses formes,
A l'Orient tous ses jardins !

« Tout ce qu'un siècle qui commence
Porte en ses flancs de vérités,
Tout ce qu'il contient de semence,
Tout ce qu'il promet de clartés :
Ses ferveurs et ses anathèmes,
Doutes, religions, systèmes,
Devoirs, formules de demain ;
Les passions et les souffrances,
Les deuils avec les espérances,
Patrimoine du genre humain ;

« Roman, satire, ode, épopée,
Passé vaincu, drame vainqueur,
Combats qu'on soutient par l'épée,
Combats qu'on livre avec le cœur ;
Les empires, les républiques,
Les guerres et les bucoliques,
Les convulsions des cités,
Les dévouements, les forfaitures,
Les idéales aventures,
Et les mornes réalités :

« Tout rendra des sons sur la lyre!
De tout ce qu'un monde pressent,
De tout ce qu'il crie ou soupire
Deviens l'écho retentissant!
Avec tes chants, avec ta gloire,
On pourra fixer notre histoire
Dans ses splendeurs et ses revers;
Et nulle part le bruit des armes,
Nos grandeurs, nos hontes, nos larmes,
N'auront vécu mieux qu'en tes vers! »

III

Ainsi, près du berceau, parlait la Voix dans l'ombre :
Et les jours ont coulé, cruels ou bienfaisants;
Et la France, attentive, en a compté le nombre,
Et l'enfant, — roseau grêle, — a ses quatre-vingts ans!

Poète, tu survis à tous ceux de ton âge;
Te voilà debout, ferme, et ton vaisseau surnage
Au gouffre où sont tombés tant de grands naufragés.
Et, — ce qui n'est donné qu'à de rares génies, —
Tu sens vibrer un peuple en toi, tu communies
Avec tous, mais surtout avec les affligés!

Et ta gloire a si bien triomphé de l'envie,
Tu planes d'un tel vol au-dessus de la vie,

Témoin tout dégagé des brumes de nos jours,
Que nulle passion à ton nom ne s'anime,
Et qu'on te laisse entrer dans ton rêve sublime,
Sans en troubler l'azur, ni limiter le cours!

Et, loin que l'âge ait pu, comme à d'autres, te prendre
Le sens de tout aimer, — car aimer, c'est comprendre! —
Loin que l'ombre du soir ait assombri ton front;
Loin que, pour le trajet pâle et crépusculaire,
Ton âme ait conservé quelque vieille colère,
Envenimant la haine ou réveillant l'affront :

L'apaisement dernier t'a repris sans partage;
En toi tout s'est calmé chaque jour davantage;
Tout devient lac d'argent, clair azur, flot dompté;
Ton coucher de soleil semble une aube nouvelle;
On dirait que la loi du monde te révèle
Toujours plus de douceur, toujours plus de bonté!

LOUIS PASTEUR

(Vers récités au grand Festival donné, dans la salle du Trocadéro,
en faveur de l'Institut Pasteur, le 11 mai 1886.)

A SA PETITE-FILLE CAMILLE.

Chère France, les vents du Nord ni les orages
N'ont épargné la terre aux profonds labourages;
    Nos récents souvenirs sont lourds!
Nous avons bien payé l'espérance trop prompte :
On a saigné tes flancs, on a payé ta honte,
    On a compté tes mauvais jours!

La guerre a décimé tes enfants; la défaite
A laissé pour longtemps ton âme stupéfaite,
    Et tourné tes regards ailleurs;
La mort a tour à tour saisi, d'un geste avide,
Comme pour déblayer la scène qui se vide,
    Les plus vaillants et les meilleurs.

Hier encore, la voix du siècle, hélas! muette
Faisait un grand silence au tombeau du poète;
    Ton front semblait découronné;
Et ceux qui, dans le mal, prophétisent le pire,
Regardant devant eux, étaient tentés de dire
    Devant ton sol tout moissonné :

« Où donc est sa grandeur?... Où se fait son histoire?... »
— Elle se fait là-bas, dans ce laboratoire,
         Où l'univers est suspendu ;
Où, grave et simple, un homme, acharné sur sa tâche,
Engage avec nos maux un duel sans relâche,
         Et nous rend tout l'honneur perdu !

Rien ne l'a détaché de l'œuvre commencée :
Et des deux infinis où se perd la pensée,
         Il a choisi, s'y renfermant,
Celui qui, dans l'impur recoin de la cellule,
S'agite en bataillons effrayants, et pullule
         Dans chaque goutte de ferment

Il est là, tout le jour, depuis trente ans, sans trêve,
L'œil fixé sur l'atome, — et déjà sur son rêve ;
         Fouillant dans nos contagions ;
Il voit, dans cette nuit, dont il perce les voiles,
Germer les vibrions, comme ailleurs les étoiles,
         En incroyables légions !

Tenace observateur, il vous trouve, il vous somme,
De la plante à la bête et de la bête à l'homme, —
         De vous trahir, fléaux, poisons ;
Comme des fleurs du mal, il soigne vos cultures ;
Il lit dans vos levains et dans vos pourritures
         La loi même des guérisons.

LOUIS PASTEUR

Sans mesurer le temps ni les forces humaines,
Il est là, recueillant, notant les phénomènes,
      Aspirant ces souffles malsains;
Frappé, mais non vaincu; ne demandant à vivre
Que pour lutter encore et toujours, et poursuivre
      Le dernier de ses grands desseins :

Tandis que, des caveaux cachés sous sa retraite,
A peine s'il entend, d'une oreille distraite,
      Monter d'épouvantables voix,
— Cri rauque, son plaintif, aboiement qui pénètre,
Et dont la note met un frisson dans tout l'être,
      Pour l'avoir perçue une fois!

II

La rage! — Son nom seul est comme une morsure!
Dans le sang et les nerfs, d'une route trop sûre,
      Le virus glisse longuement;
Et tout à coup, séchant la gorge, étreignant l'âme,
Mettant l'angoisse au cœur, où s'allume une flamme,
      Il tue avec un hurlement.

Qui nous dira pourquoi la Nature, — ô mystère! —
Voulant inoculer ce mal qui nous atterre,
      T'a pris surtout, bon chien joyeux,
Compagnon sans pareil, dont les folles caresses
Disent tous les désirs et toutes les tendresses,
      Dont les yeux plongent dans nos yeux?

Quand tu bondis vers nous et quand tu nous fais fête,
Pourquoi rendre suspect ton pauvre amour de bête
      Et ta vieille fidélité?
Du logis familier serviteur ordinaire,
Pourquoi, le plus soumis et le plus débonnaire,
      En es-tu le plus redouté?

Sans qu'il ait dans l'esprit l'effroyable peut-être,
Désormais tu pourras lécher la main du maître,
      Heureux aussi de te choyer;
Et le petit enfant pourra jouer sans crainte,
Si la dent sur son doigt marque sa rose empreinte,
      Avec l'épagneul du foyer :

Car, dans son officine aux étranges étables,
Dosant dans leurs flacons ces monstres redoutables,
      Il a, — le sublime éleveur, —
Accompli lentement son labeur solitaire,
Fait du virus mortel un ferment réfractaire,
      Du mal qui tue un mal sauveur!

Un jour, on contera que, penché sur la planche,
Lui-même au chien hurleur il prit sa bave blanche,
      Pour y mieux scruter l'affreux mal :
Et l'artiste inspiré, fixant cette conquête,
Peindra le formidable et divin tête-à-tête
      Du grand homme et de l'animal!

III

Et la France aussitôt a grandi dans le monde,
Tant la victoire était en promesses féconde!
     — Soudain, de partout amenés,
Pareils au pâle essaim des infernales ombres,
On vit se dérouler en longues files sombres,
     Vers le salut tous ces damnés!

Ils viennent, les mordus, en troupes effarées,
Du Nord et du Midi, des neigeuses contrées
     Où chiens et loups ont faim l'hiver;
Les steppes nous cachaient d'atroces bucoliques,
Et le croc furieux des bêtes faméliques
     Est resté parfois dans la chair!

Ils viennent, plus nombreux toujours, — spectacle unique! —
Ils ont foi. C'est en vain que le doute ironique
     Veut troubler leur farouche espoir.
Et lui, de l'avenir attendant son salaire,
Trop haut pour ressentir l'orgueil ou la colère,
     Suit son chemin, sans s'émouvoir!

IV

Et maintenant, savants, chercheurs, allez! Courage!
Hier, c'était le charbon; — aujourd'hui, c'est la rage;
     Demain, qui sait?... Tout est nouveau!
L'infiniment petit entr'ouvre ses ténèbres;
La bataille s'annonce et vos luttes célèbres
     Iront des membres au cerveau.

Aux foyers empestés, où l'atome est un monde,
Arrachez leur mystère, et descendez la sonde
      Dans les horreurs de ce fumier !
— Si Dieu garde la mort, il reste assez de marge :
De l'enfant au vieillard, la place est encor large !
      Soyez bénis, — toi, le premier.

Ah ! comme on comprend bien que ce rêve te tente !
Quel triomphe entrevu dans la chair palpitante !
      Quels rayons dans l'abîme obscur !
De tous ceux qui, prenant corps à corps nos misères,
Ont refusé de croire à des maux nécessaires,
      Nul n'a marché d'un pas plus sûr.

Pour le long sacrifice ou la courte souffrance,
Les cœurs sont toujours prêts, dans ce pays de France :
      Les héros ne se comptent pas !
Mais, loin du champ de mort que l'honneur glorifie,
Il est temps d'agrandir enfin le champ de vie :
      Ce sont là les futurs combats !

Les offrandes du monde à peine y vont suffire ;
Car la science est jeune, et l'infini l'attire.
      Le but marqué n'est pas douteux ;
Et, dans l'œuvre de Dieu, que l'homme calomnie,
Ceux-là sont les plus grands qui font, par leur génie
      Reculer la mort devant eux.

LE COMMENCEMENT ET LA FIN

Enfants. à votre première heure,
On vous sourit. et vous pleurez.
Puissiez-vous, quand vous partirez,
Sourire, alors que l'on vous pleure!

TABLE DES MATIÈRES

THÉATRE

EXTRAITS

POÉSIES PATRIOTIQUES

www.ingramcontent.com/pod-product-compliance
Lightning Source LLC
Chambersburg PA
CBHW050149030726
47505CB00005B/1302